台灣の讀者の皆さんへのコメント

海を越えて旅したことのない私の書いた小説が、
海を越えて多くの讀者の皆様のもとに届いていることを、
心から嬉しく思っています。
この作品も、どうぞお樂しみいただけますように！

致親愛的台灣讀者

從未出國旅行的我，
這次很高興自己寫的小說能跨海與許多讀者見面，
希望這部作品能帶給您無上的閱讀樂趣。

宮部みゆき

宮部美幸

忍耐箱

かんにんばこ

高詹燦——譯

宮部美幸 作品集／41
MIYABE MIYUKI

忍耐箱

Contents

導讀——張亦絢

進入「宮部美幸館」，就是進入最具原創力與當下性的新新羅浮宮

宮部美幸並不是不容錯過的推理作家——她是不容錯過的作家。她不只值得我們在休閒時光中，一飽推理之福，也為眾人締造了具有共同語言的交流平台，讓我們得以探討當代的倫理與社會課題。

在這篇導讀中，我派給自己的任務，是在高達六十餘部作品中，挑出若干作品，介紹給兩類讀者，一是還未開始閱讀宮部美幸者；二是面對她龐大的創作體系，雖曾閱讀一二，但對進一步涉獵，感到難有頭緒的讀者。

入門：名不虛傳的基本款

在入門作品上，我推薦《無止境的殺人》、《魔術的耳語》與《理由》。

《無止境的殺人》：對於必須在課業或工作忙碌時間中，抽空閱讀的讀者，短篇集

使我們可以自行調配閱讀的節奏——小說其實具備我們在小學時代都曾拿到過的作文題目旨趣：假如我是×××——本作可看成「假如我是某某的錢包」的十種變奏。擬人化的錢包是敘述者。如何在看似同一主題下，變化出不同的內容，本作也有「趣味作文與閱讀」的色彩，是青春期讀者就適讀的想像力之作。短篇進階則推《希望莊》。從短篇銜接至較易讀的長篇，《逝去的王國之城》則是特別溫馨的誠摯之作。

《魔術的耳語》：這雖不是作者的首作，但卻是作者在初試啼聲階段，一鳴驚人的代表作。北上次郎以〈閱讀小說的最高幸福〉讚譽，我隔了二十年後重讀，依然認爲如此盛讚，並非過譽。媚工、心智控制、影像——分別代表了古老非正式的「兩性常識」、傳統學科心理學或醫學、以至商業新科技三大面向的操縱現象及後遺症——這三個基本關懷，會在宮部往後的作品，比如《聖彼得的送葬隊伍》中，不斷深入。雖是作者的原點之作，也已大破大立。

《理由》：與《火車》同享大量愛好者的名作；雖然沒有明顯資料顯示，是枝裕和的《小偷家族》受到《理由》一書的影響，但兩者除了有所相通，寫於一九九九年的《理由》更是充分顯露宮部美幸高度預見性天才的作品。住宅、金融與土地——社會派有興趣的主題，偶爾會得到若干作家略嫌枯燥的處理——《理由》則以「無論如何都猜不到」的懸疑與驚悚，令人連一分鐘也不乏味地，就看完了批判經濟體系的上乘戲劇。

說它是「推理大師為你／妳解說經濟學」，還是稍微窄化了這部小說。除了推理經典的地位之外，也建議讀者在過癮的解謎外，注意本作中，無論本格或社會派中，都較少使用的荒謬諷刺手法。

冷門？尺度特別的奇特收穫

接著我想推三部有可能「被猶豫」的作品，分別是：《所羅門的偽證》、《落櫻繽紛》、與《蒲生邸事件》。

《所羅門的偽證》：傳統的宮部美幸迷，都未必排斥她的大長篇，比如若干《模仿犯》的讀者非但不抱怨長度，反而倍受感動。分成三部、九十萬字的《所羅門的偽證》可能令人遲疑，節奏太慢？真有必要？事實上，後兩部完全不是拖拉前作的兩度作續，三部都是堅實縝密的推理。最後一部的模擬法庭，更是將推理擴充至校園成長小說與法庭小說的漂亮出擊：宮部美幸最厲害的「對腦也對心說話」，更是發揮得淋漓盡致。此作還可視為新世紀的「青春冒險小說」。說到冒險，過去的未成年人會漂到荒島或異鄉，然而現代社會的面貌已大為改變：最危險的地方，就在「哪都不能去」的學校家庭中。誰會比宮部美幸更適合寫青春版的「環遊人性八十天」？少年少女之於宮部美幸，恰如黑猩猩之於珍．古德，或工人之於馬克斯，三部曲可說是「最長也最社會派的宮部美幸」。

《落櫻繽紛》：「療癒的時代劇」，本作的若干讀者會說。但我有另個大力推薦的理由，我認為，這是通往小說家從何而來的祕境之書。除了書前引言與偶一為之的書名，宮部美幸鮮少掉書袋。然而，若非讀過本書，不會知道，她對被遺忘的古書與其中知識的領悟與珍視。如果想知道，小說家讀什麼書與怎麼讀，本書絕對會使你／妳驚豔之餘，深受啟發。

《蒲生邸事件》：儘管「蒲生邸」三字略令人感到有距離，然而，融合奇幻、科幻、歷史、愛情元素的本作，卻可說是一舉得到推理圈內外矚目，極可能是擁護者背景最為多元的名盤。如果對「二二六事件」等歷史名詞卻步，可以完全放下不必要的擔憂。跳脫了「你非關心不可」與「你知道也沒用」兩大陣營的簡化教條，這本小說才會那麼引人入勝。我會形容本書是「最特殊也最親民的宮部美幸」。

以上三部，代表了宮部美幸最恢宏、最不畏冷門與最勇於嘗試的三種特質，它們有那麼一點點專門的味道，但絕對值得挑戰。

中間門：看似一般的重量級

最後，不是只想入門、也還不想太過專門——介於兩者之間的讀者，我想推薦《誰？》、《獵捕史奈克》與《三鬼》三本。

《誰？》：小編輯與大企業的千金成婚，隨時被叫「小白臉」的杉村三郎成為系列作中，業餘到專業的偵探。看似完全沒有犯罪氣氛的日常中，案中案、案外案——至少有三案會互相交織連鎖——其中還包括一向被認為不易處理的陳年舊案。喜歡生活況味與懸疑犯罪的兩種讀者，都容易進入；宮部美幸還同時展現了在《樂園》中，她非常擅長的親子或手足家庭悲劇。動機遠比行為更值得了解——這不但是推理小說的法則，也是討論道德發展的基本認識：不是故意的犯罪、不得已的犯罪與不為人知的犯罪，為何發生？又如何影響周邊的人？除了層次井然，小說還帶出了「少女勞動者會被誰剝削？」等記憶死角。儘管案案相連，殘酷中卻非無情，是典型「不犯罪外，也要學會自我保護與生活」的「宮部伴你成長」書。

《獵捕史奈克》：主線包括了《悲嘆之門》或《龍眠》都著墨過的「復仇可不可？」問題。節奏快、結局奇，曾在《魔術的耳語》中出現的「媚工經濟」，會以相反性別的結構出現。本作是在各種宮部之長上，再加上槍隻知識的亮眼佳構。光是讀宮部美幸揭露的「槍有什麼」，就已值回票價——何況還有離奇又合理的布局，使得有如公路電影般的追逐，兼有動作片與心理劇的力道。雖然不同年齡層的男人互助，也還是宮部美幸筆下的風景，但此作中宮部美幸對女性的關愛，已非零星或一閃而過，而有更加溢於言表的顯現。

《三鬼》：《本所深川不可思議草紙》的細緻已非常可觀，《三鬼》驚世駭俗的好，並不只是深刻運用恐怖與妖怪的元素。它牽涉到透過各式各樣的細節，探討舊日本的社會組織與內部殖民。以兼作書名的〈三鬼〉一篇爲例，從窮藩栗山藩到窮村洞森村，令人戰慄的不只是「悲慘世界」，而是形成如此局面背後「不知不動也不思」的權力系統。這是在森鷗外〈高瀨舟〉與〈山椒大夫〉譜系上，更冷峻、更尖銳也可說更投入的揭露——看似「過去事」，但弱勢者被放逐、遺棄、隔離並產生互殘自噬的課題，可一點都不「過去式」。雖然此作最令我想出聲驚呼「萬萬不可錯過」，不代表其他宮部的時代推理，未有其他不及詳述的優點。

透過這種爆發力與續航性，宮部美幸一方面示範了文學的敬業；在另方面，由於她的思考結構具有高度的獨立性與社會批判力，也令人發覺，她已大大改寫了向來只強調「服從與辦事」的「敬業」二字的含意。在不知不覺中，宮部美幸已將「敬業」轉化爲一系列包含自發、游擊、守望相助精神的傳世好故事。
進入「宮部美幸館」，就是進入最具原創力與當下性的新新羅浮宮。

本文作者簡介

張亦絢

巴黎第三大學電影及視聽研究所碩士。早期作品，曾入選同志文學選與台灣文學選。另著有《我們沿河冒險》（國片優良劇本佳作）、《晚間娛樂：推理不必入門書》、《小道消息》、《看電影的慾望》，長篇小說《愛的不久時：南特／巴黎回憶錄》（台北國際書展大賞入圍）、《永別書：在我不在的時代》（台北國際書展大賞入圍）。二〇一九年起，在BIOS Monthly撰寫影評專欄「麻煩電影一下」。

忍耐箱

本所回向院旁，俗稱寺裏通的巷子裡，有家糕餅批發商「近江屋」。農曆十二月中旬，一個寒風呼號的夜晚，近江屋慘遭祝融。起火點是廚房，當時家人與僕傭早已入睡，理應沒火的地方驀地燃起烈焰。火舌舔遍廚房，直達天花板。在濃煙竄向擦拭得一塵不染的橡木走廊前，眾人皆渾然未覺，於是釀成巨災。

近江屋大當家清兵衛唯一的孫女，即將滿十四歲的阿駒，與母親阿蔦並枕而眠。她們的房間面向房子南側的雅緻庭園，與廚房有一大段距離。幾乎將老家燒成灰燼的烈焰和濃煙，並未潛入她夢中，她一樣睡得安穩香甜。

率先醒來的是阿蔦。半夢半醒之際，她聽見遠方傳來金屬敲打的聲響，不禁從床上彈起。

房內闃靜無聲，瀰漫冷冽的夜氣，乍看毫無異狀。但身爲掌管店內營運的老闆娘，阿蔦早練就敏銳的直覺。直覺告訴她，發生了非比尋常的大事。阿蔦鑽出被窩，拉開區隔走廊與房間的紙門。霎時，如仙女忽然興起翻弄衣袖般，一陣淡淡白煙化爲衣帶，飄蕩而來。

阿蔦張嘴想呼喊，還沒出聲，廚房便傳來女侍總管阿島的尖叫。她驚惶地竭力嘶喊，向家裡的人通報火災。

近江屋的規模不大，若不算倉庫，店面和住家連十個房間都不到。阿蔦奔出走廊，只見鮮紅烈焰從廚房攀上走廊，往傭人房延燒。

「阿島、阿島，要當心哪！」

「少奶奶，您不能來這裡！」

濃煙與熱氣瀰漫中，阿蔦瞥見拿著水桶的大掌櫃八助，火星落向他的側臉。阿蔦以睡衣袖子遮面，想幫阿島他們的忙，卻遭濃煙嗆得咳嗽不止，近不得身。

——這樣不行，滅不了火。

心念甫一至此，她旋即轉身奔回走廊。返抵房間一看，阿駒跪坐在床上，緊拉著衣襟，瞪大雙眼。

「娘……」

「快起來。失火了，得趕緊離開。」

阿蔦衝向阿駒，拿起蓋在被子上的棉襖外衣，替她穿妥。

「走廊很危險，妳到庭園去。然後，繞過庭園，爬上爺爺寢室的外廊，叫醒爺爺，一起通過南廊，由店面離開。明白嗎？」

屋主清兵衛今年六十五歲，做起生意依舊寶刀未老，精神矍鑠。有點重聽的清兵衛沉睡未醒，幸好他的寢室位於屋子南端，距廚房最遠。只要和阿駒一道走，應該不必擔心。

「娘，妳呢？」阿駒拉著母親的衣袖，「我們一塊逃吧。」

「等等我就過去。」阿蔦握住阿駒的手，臉龐泛著微笑，「我得拿些東西，不會很久，隨後便跟上。」

一陣火警鐘響，應該是從立於寺裏通入口的火警瞭望台傳來。阿蔦打開防雨門，推嬌小的阿駒走向庭園。

「走吧，動作快！」

阿駒赤腳步下庭園。剛要套進擺在脫鞋石上的木屐時，她赫然發現，明明是晝夜烏雲密布、冷風颼颼的寒日，庭園卻無比明亮，木屐清楚可見，恍若沐浴在滿月的光芒下。抬頭仰望，火焰從二樓北側的直欞窗竄出。烈焰騰空，好似在誇耀勝利，舞動著鮮紅的指爪。

火警鐘急促地鳴響，圍繞庭園的檜木牆外，傳來鄰人的喧嘩聲。阿駒快步橫越庭園，爬上清兵衛寢室的外廊。

「爺爺，開門啊。」

她雙手使勁敲打防雨門，朗聲叫喚。不久，防雨門開啓，女侍阿秀探出頭。她似乎是前來救清兵衛脫困。

「原來是小姐，太好了。快進來。」

聽見阿秀的話聲，房裡的清兵衛回過頭。他從壁龕旁架子上的置物盒，取出裝訂的帳冊及一只綁著細繩的小箱子，捧在手中。

「阿駒，趕快離開。妳娘呢？」

「她拿點東西，馬上就來。」

「還拿什麼東西……」清兵衛自己也捧著帳冊，卻怒氣沖沖地叨念，「丟著不就好了。」

「我去瞧瞧。」

衝向走廊的阿秀，驚呼一聲「好濃的煙」。

「老爺、小姐，快進店裡，不然連這邊的走廊也會被濃煙包圍！」

阿秀一面咳，一面在濃煙中揮舞著雙手，走向阿蔦和阿駒的房間。看來，阿蔦吩咐阿駒立刻繞往庭園的判斷沒錯。

「阿蔦……」清兵衛茫然地望著煙霧瀰漫的走廊，頹喪地喚道：「阿蔦她……」

接著，他猛然驚覺般，渾身一震。

「對了，忍耐箱！」

阿駒一時沒聽清楚，忍耐……忍耐什麼？

「爺爺，你說什麼？」

清兵衛彎下腰，與阿駒四目對望，將手中的帳冊——好像是老舊的流水帳抄本，交給她。

「妳帶著，從店面逃……」

他話講到一半，庭園那頭傳來洪亮的吆喝，檜木圍牆應聲出現裂痕，原來有人打算以斧破牆而入。另一方面，消防隊員也架起梯子，紛紛翻越圍牆。

「啊，得救了。喂、喂！」清兵衛揚聲呼叫消防隊，並抱起阿駒，指給他們看。

「這孩子就拜託你們了！」

語畢，清兵衛便消失在煙霧籠罩的走廊。此刻，阿駒光滑的臉蛋也感受到襲來的熱氣。整座屋子發出「劈里啪啦」、「嘎吱嘎吱」的悲鳴。

「這邊，到這邊！」

消防員抱起阿駒，以接力的方式，將她從破牆縫隙處送往屋外。阿駒的纖臂緊抱清兵衛交託的物品，被煙熏得淚水直流，不斷大聲叫喚：

「娘！爺爺！」

阿駒簌簌發抖，望著燒遍近江屋的烈焰跨過倉庫的白牆，翻越那面打壞的檜木圍牆，往附近的屋舍延燒。不知是誰握著阿駒的手，她不禁緊緊回握。

在濃煙的包圍下，阿秀好不容易逃出火海，保住一命。接著，多名僕傭陸續被救出。他們滿臉黑灰，因燒傷的疼痛和恐懼，哭嚷不停。其中，夥計總管松太郎大喊道：

「老爺和少奶奶還在屋內！」

此時，彷彿在嘲笑他的叫喊，近江屋的屋瓦如雪崩般坍塌，因底下盡遭火海吞噬，房舍倏然傾倒。消防隊的梯子被這股力道震飛，有人從上頭跌落，發出一聲慘叫。

「娘……爺爺……」

不知是濃煙熏嗆，還是內心浮現可怕預感的緣故，阿駒的淚水不停滑落。朦朧中，她望見阿島爬也似地自傾倒的屋頂與梁柱間現身。火災現場圍觀的群眾齊聲歡呼，衝上前幫她。

阿島並非隻身一人。她帶著失去意識，頹然垂首的阿蔦。

「少奶奶就麻煩你們了。」

儘管頭髮燒焦，又因燒傷而滿臉通紅，阿島依然鎮靜地請其他人幫忙照顧阿蔦。阿蔦頭部流血，腳似乎也受創，屈著雙膝，全身癱軟無力。

「娘！」

阿駒大叫一聲，衝上前，但阿蔦渾然未覺。火勢助長北風，捲著灰燼四處飛散。被平放在門板上的阿蔦，臉色比灰燼蒼白。

儘管傷得如此嚴重，阿蔦仍緊抱著某物。誰也無法輕易鬆開她的手。

「娘拿著什麼？」

四周嘈雜，阿駒努力湊近母親躺著的門板。透過擁擠人群的手臂和身體間的縫隙，她窺見母親緊抱在懷中之物。雖以包巾裹覆，但似乎是個箱子——塗著黑漆，形若信匣。

——箱子！

她赫然想起清兵衛那忘了逃命，直往火海衝的神情。記得好像是……沒錯，爺爺確實是說「忍耐箱」。

——爺爺呢？

清兵衛遲遲沒逃離火海。不管等多久，都不見他現身。

最後，清兵衛還是沒能獲救。

無家可歸的近江屋眾人，暫時移往根岸宿舍棲身。雖說是宿舍，但近江屋的財力有限，並不是多大的房子，所以，家人及有其他地方可依靠的男夥計，在店面重建前，紛紛各自運用管道營生，留下的全是女眷。

女侍總管阿島的手腳嚴重燒傷，仍不忘請宿舍的男傭久次郎幫忙照顧阿蔦，也十分注意阿駒的生活起居。阿島總是陪伴阿蔦身旁，連睡覺都在一起，不讓別人靠近。

那晚失火後，阿蔦便昏迷不醒。據大夫診斷，應是吸入過多濃煙，且昏倒時遭梁柱擊中頭部，造成重傷。大夫還一臉同情地說，燒傷和腳傷過些日子就會痊癒，但不能保證她何時清醒。

「盡量待在妳娘身邊，跟她講講話就行。雖然沒睜眼，或許她聽得見。」

阿駒聽從大夫的建議，不時到母親房間和她聊東道西。蒼白憔悴的阿蔦，始終緊閉雙眸，棉被直蓋至下頷，安詳地沉睡。

阿駒很努力和母親說話——今天早上我發現一隻野兔喔，久次郎買糰子給我，根岸町感覺比本所冷呢……然而，最後常以哭聲收場。每當她抽抽噎噎地說著話，阿島都會輕撫她的背，柔聲安慰。不過，阿島同樣眼中含淚。

近江屋引發的火災，釀成意想不到的大火，合計約莫二十人葬身火窟。因此，始終難以確認下落不明的清兵衛是生是死。阿駒等人原本仍抱持一絲希望，認爲清兵衛或許幸運躲過這場浩劫。但火災發生後的第六天，大掌櫃八助穿著袖長過短、顯然是借來的衣服，出現在宿舍，告知昨天在瓦礫堆下找到一具像是老爺的焦黑遺體，她們的希望瞬間破滅。

清兵衛亡故，阿蔦又是那副模樣，近江屋恐怕難以重振。八助彷彿身上有什麼病痛，愁容滿面地長嘆一聲，「這到底是怎麼回事啊。」

「大掌櫃，怎能說這種喪氣話。」阿島以振奮的口吻應道。

阿蔦沉睡的枕畔，阿島、八助與阿駒圍著火盆而坐。外頭冰天雪地，寂然無聲。

「可是……」

「你得帶頭重振近江屋才行。少奶奶總有一天會醒來，一定會的。」

「只靠我一個人，這擔子未免太重了，還是拜託淀橋那邊幫忙吧……」

青梅大路的淀橋有一家糕餅批發商，是近江屋的親戚所開。店主是清兵衛的堂哥，膝下有三個兒子，相當好福氣，若前去請求，或許肯伸出援手。

然而，阿島極力反對。

「要是這麼做，最後對方必會侵占近江屋。淀橋的老爺心腸有多黑，大掌櫃，你應該也很清楚。」

阿島將阿駒拉近身邊，微微一笑。

「我們不是還有小姐嗎？幸好我們賣的不是酒或其他腥臭的食物，近江屋是一家糕餅批發店。只要再過四、五年，小姐就能扛起近江屋這塊招牌，重拾往日威名，你得盡心輔佐她。」

近江屋是專賣甜糕和麥芽糖的糕餅批發店。特別是上頭浮著金箔，名叫「錦絲樂」的麥芽糖，不僅外觀好看，而且據說吃了能長生不老，頗獲好評。享保（註）初年，近江屋的創始人善太郎從一介麥芽糖小販起家，後來開設這家糕餅店，錦絲樂便是他想出的招牌商品。提到享保那個年代，凡事講究儉約節省，官員聲稱加金箔的麥芽糖是不合身分的奢侈品，於是，善太郎頭一個遭到問罪，處以戴手銬五十天的重罰。但善太郎並未屈服，仍瞞著老闆娘販售錦絲樂，爲今日的近江屋奠定了基業。

「受到這種程度的打擊便一蹶不振，實在愧對列祖列宗，老爺在黃泉一定會如此感嘆。你快打起精神吧，大掌櫃。」

八助軟弱地垂落八字眉，「這道理我清楚，可是……」

「你要加油。」

「我明白，不過，要是少東家還在世就好了。」

清兵衛的獨子、阿蔦的丈夫，同時也是阿駒父親的近江屋彥一郎，前年夏末因病驟逝。當時，他直嚷著下腹疼痛，頻頻嘔吐，發病不到一個時辰便撒手人寰，死狀怪異，似乎是酒菜裡的小魚沒曬乾，食物中毒所致。儘管事情很快平息，但好一陣子近江屋都籠罩在不祥的黑雲下。

經營方面，多虧清兵衛與阿蔦攜手努力，將失去彥一郎的損害降至最低。其實，阿蔦是從一家小糕餅鋪到近江屋幫傭，因勤快俐落的工作態度深獲清兵衛賞識，最後才嫁入近江屋。比起從小沒吃過苦的彥一郎，她幹練的經商手腕，在生意夥伴和親戚之間的風評遠在彥一郎之上。甚至有傳聞指稱，清兵衛與阿蔦關係和睦，自阿蔦在店內幫傭起，清兵衛便對聰慧的她關愛有加；而阿蔦剛嫁進近江屋時，清兵衛的妻子，即近江屋的前任老闆娘，還曾爲此醋勁大發，鬧得雞犬不寧。

「少東家的死，確實令人遺憾，但如今談這些又有何用？」阿島始終態度堅毅。一旁的阿駒聽著，回憶倏然湧上心頭。

——對了，爹也是。

父親驟逝，阿駒內心也十分痛苦。不過，彥一郎平日忙於生意，又少言寡語，所以父女倆沒留下太多回憶。像是把孩子扛在肩上，或帶孩子逛夜市之類的舉動，彥一郎從沒做過。

註：日本年號，一七一六～一七三五年。

然而，阿駒發現她與父親的少數記憶，跟這次的火災有個共通處。

——忍耐箱。

父親病逝前不久，一個快下雨的悶熱日子，阿駒無法外出，只能在走廊上滾線球玩。線球一路往前滾，阿駒在後頭追。來到佛堂前，她從微開的紙門縫隙，聽見父親的低喃。

——忍耐、忍耐。

他自言自語道。

阿駒偷偷窺探，只見彥一郎跪坐在佛壇前，膝上擺著黑色的小箱子，不斷重複著「忍耐、忍耐」。

父親並未打開箱蓋。那像是很小的信匣，阿駒愈想愈覺得和火災發生當晚，阿蔦抱在懷中的箱子極爲相似。而且，母親同樣提到「忍耐」這一字眼。

阿駒抬起臉，望著阿島與八助，說出忍耐箱的事。

「娘緊緊抱在懷中的，是忍耐箱嗎？忍耐箱到底是什麼？」

八助驚詫得雙目圓睜，阿島則垮下嘴角。阿駒心想，難道她生氣了？不過，八助惶惶無措地張口欲言時，阿島沉穩的嗓音低低響起。

「不管怎樣，遲早得告訴小姐。少奶奶想必也會諒解。」她溫柔地望向阿蔦沉睡的側臉。

「所謂的忍耐箱，是近江屋的創始人善太郎老太爺傳給後代的箱子。」

「就是娘抱在懷裡的箱子吧？」

「沒錯。守護忍耐箱直到交給下一代當家，是近江屋主人的使命。近江屋裡，只有一小部分的人曉得這件事，小姐可不能隨便告訴夥計喔。」

搶救代代傳承的重要之物——這是娘和爺爺拚命衝回火場的理由嗎？

「箱中裝的是什麼？」

阿島緩緩搖頭。

「不清楚。以我的身分不可能知道，不過，少奶奶和老爺應該也不知道。」

「絕不能窺看箱內，」八助接過話，「所以才叫忍耐箱。」

「忍人所不能忍，眞忍也。」阿島繼續道：「忍住想一探究竟的欲望，告訴自己不能打開蓋子，就是這麼回事。」

「既然如此，幹麼把這箱子看得那麼重要？」

「據說，一旦打開忍耐箱，災禍便會降臨近江屋。」

「箱子如今在哪？」

「暫時放在我這兒，日後會讓小姐過目的。等小姐成爲近江屋的當家，就得親自保管。」

「我……不太明白。」阿駒低語。

八助連忙從旁安撫，「忍耐箱裡，裝的似乎是善太郎老太爺的著作，記述他從商的心得。」

「大掌櫃……」阿島板起臉。

「有什麼關係，又不是壞事。」八助趨身靠向阿駒，「那本書寫著，當家的必須率先遵守店規。換句話說，若無法遵行『不打開箱子』的規定，便沒資格成爲近江屋的當家。」

驀地，阿駒腦海浮現父親的身影。那個悶熱夏日，父親將忍耐箱放在膝上，嘴裡喃喃重複著「忍耐、忍耐」。

——難道那是在說服自己別打開箱子？

可惜最後功虧一簣，爹輸給想一探究竟的欲望，打開了箱子，才會死得那麼突然嗎？

——一旦打開，災禍便會降臨。

一陣寒意竄過背脊，阿駒望向母親，試圖尋求慰藉，但母親仍沉睡不醒。

從那天起，忍耐箱的幻影就縈繞在阿駒夢中，揮之不去。夢裡，阿駒獨坐佛堂，膝上擺著忍耐箱，剛要掀蓋時，忽然聽見彥一郎的竭力嘶喊。

「阿駒，不能打開，否則會像爹一樣墜入地獄。絕不能打開。」

隆冬深夜，阿駒渾身冷汗地驚醒。

數天後，理應為重建近江屋而四處奔波的八助，繃著臉與本所寺後方的官差一同來到宿舍，告知一則讓阿駒她們更為驚駭的消息。

近江屋的火災，疑似有人蓄意縱火。

「官府懷疑是店裡的雇員所為，尤其是女侍。」

待官差解釋完事情梗概悄悄離去後，八助擦著直冒冷汗的皺巴巴前額開口道：

「果真如此，那可是一場造成多人死傷的火災啊。不光縱火犯，連近江屋也會惹上麻煩，財產恐怕會被充公……」

「等等，大掌櫃。」阿島打斷他的話，「不必這麼杞人憂天吧？目前沒有明確的證據，足以證明是我們的人闖的禍。」

近江屋的住店女侍共有四人，這會都待在宿舍。女侍總管阿島、負責廚房的阿辰，底下還有阿秀與阿陸。從打掃到汲水，她們包辦所有雜務。

「況且，我們的女侍都很為店裡著想，相當可靠。這點我能拍胸脯保證。」

上一代的老闆娘生下彥一郎時，阿島來當保母，是最資深的女侍。阿辰的資歷僅次於阿島，即將滿十五年。阿秀已工作五年多，而最年輕，也最資淺的阿陸，亦在近江屋待了整整三個年頭。

「大夥十分勤快，甚至到附近的農田幫忙，希望在店面重新開張前，能多少貼補家用。這樣隨便懷疑，她們未免太可憐了。」

「話雖沒錯，但……」八助支支吾吾，「起火點是廚房吧？據說縱火犯大多是女人。」

「根本是道聽塗說嘛。」

八助使勁搖頭，「那可難講。由於一切燒得精光，半點證據也沒留，捕快的手下打算監視宿舍一陣子，發現形跡可疑的人，便立刻帶回衙門審訊。」

阿島誇張地皺起眉，「少奶奶要是得知此事，一定不勝唏噓。」

阿駒今天同樣坐在兩人中間。因爲阿島堅持地說，小姐雖然年幼，處境令人同情，但與近江屋未來有關的事，還是得讓她知道。

「想監視就儘管監視吧，反正查不出什麼結果。」

見阿島氣呼呼，八助逃也似地離開。而後，阿島面向阿駒。

「小姐，能讓我繼續剛才那個討厭的話題嗎？」

阿駒順從地點點頭。她的手滑進棉被底下，探尋阿蔦的手，緊緊握住。雖然骨瘦嶙峋，觸感乾癟，卻依舊溫熱，阿駒獲得些許慰藉。

「我們不能像八助掌櫃那樣驚慌失措，既然官府懷疑是蓄意縱火，捕快那班人想必會嚴密監視這座宿舍。不曉得情勢將如何發展，搞不好，我會因縱火罪嫌被捕。」

「阿島……」

「別擔心。小姐可是名義上的當家，堂堂的近江屋繼承人。」

阿島突然移膝向前，靠近阿駒，在她耳邊悄聲道：

「要是有個萬一，我或許會被迫離開宿舍。之前提過的忍耐箱，我想交給小姐。」

阿駒不禁倒抽一口冷氣。阿島注視著她，微微頷首。

「可以嗎？務必妥善保管喔。」

「我辦不到……」

「沒問題的。由於老爺常生病，已故的少爺十五歲便負責保管忍耐箱，只比您大一歲。」

語畢，阿島靜靜站起，打開阿蔦頭頂上的壁櫥，上身往行李和棉被之間翻找一陣，退後幾步，捧出一個全新綢巾裹著的小方匣。綢巾空隙露出的匣子一角，塗著黑色的漆。

——是那晚我看到的箱子。

阿駒屏住氣息，雙手緊抵胸口，凝望那只箱子。阿島小心翼翼地解開包巾，捧著箱子遞向前，垂目行一禮。

「這是近江屋的傳家之寶。」

阿駒一時不敢接下。箱子相當老舊，仔細一瞧，邊角的漆色斑駁。側面沒有花紋，清一色黑，但蓋子上以精細的螺鈿工藝繪出白花圖案，是爲木蓮。

木蓮是喪花，阿駒寒毛直豎。一旦打開蓋子，災禍便會臨門。她痛苦得緊抓棉被，亡父的記憶在腦中甦醒，她不禁低聲呻吟。

「小姐，這是祖先代代傳下來的寶物。」阿島口吻嚴峻，「要是您說不敢收，老闆娘一定會很難過。」

阿蔦在一旁沉睡，也許將一睡不醒。近江屋的後人僅剩阿駒。當初近江屋的創始人儘管受手銬之刑，仍不肯撤下招牌商品，如今繼承他的骨氣，應挺身捍衛這塊招牌的，就只有阿駒了。

阿駒顫抖著伸出雙手，阿島輕輕將忍耐箱放上。

箱子頗輕。意外的手感令阿駒心念一動，張口欲言：

「阿島……」

「什麼事？」

「爺爺因爲那場火災喪命，娘也變成這副模樣。該不會是那一晚，娘抵擋不住想窺探祕密的欲望，開了箱子？」

阿島流露嚴峻的目光，阿駒急忙接著道：「爹也是打開箱子，才會突然身亡吧？這箱子不是近江屋的傳家之寶，是禍源。」

阿島緩緩吁口氣。

「您眞這麼想，就更該盡心保管，別讓任何人瞧見裡頭的東西。」

阿駒抬起頭。阿島定睛注視著她，那張沐浴在月光下的臉孔微微生輝，宛如夜叉的面具。

從那一晚起，阿駒便與忍耐箱共同生活。

搬來宿舍後，阿駒一直是獨自起居。她按阿島之前的作法，以綢巾包裹忍耐箱，悄悄收進放棉被的壁櫥。每當離開房間後返回、晨起及就寢前，打開壁櫥確認箱子是否安在，成爲阿駒的日課。

比起一窺究竟的欲望，阿駒更感到恐懼，總覺得降臨在祖父和雙親身上的災禍源頭，就在那漆黑的小箱子裡。她不禁認爲，那只箱子會危害近江屋，裡面封存的不是祖先的經商心得，而是邪祟不祥之物。

八助和阿島曉得這件事吧？爺爺和爹娘應該也曉得吧？如此一想，以「錦絲樂」聚積財富的近江屋一家，或許身上流著受詛咒的血脈。

八助慘白著臉上門通報的消息不假，捕快及其手下已對近江屋的宿舍展開查探。不是暗中監視，而是明擺著要讓宿舍裡的人知道，一種帶威嚇意味的監視。來到井邊，會看見樹籬外站著眼神凶惡的駝背男子，斜睨著屋內；不經意望向窗外，會感覺有人迅速躲進房子暗處——待在這樣的環境，儘管阿駒與阿島什麼也沒說，但住同一屋簷下的女侍很快察覺有異，個個惶恐不安。阿陸忙完農事，返家途中遭到跟蹤，一路哭著回來。

只要表現出「我在懷疑你們」的態度，作賊心虛的人便會露出狐狸尾巴，想必官府是打這個主意。實際上，女侍正逐漸失去冷靜，不時為芝麻瑣事起衝突，彼此交惡。宿舍內瀰漫著沉悶的氣氛，宛如強行替煮沸的鍋子加蓋，等著看何時會被熱氣衝開。

生活在監視下的第十天，和火災那晚一樣，是個風聲呼號的暗夜。阿駒輾轉反側，難以成眠，只能呆望著昏暗的天花板。儘管不願去想，火災當晚的一切卻不斷浮現腦海。

——要是今晚這裡起火……

我也會抱著忍耐箱逃走嗎？生死關頭，我仍會回去拿忍耐箱，以身犯險嗎？

——不，我一定會想，那種箱子一把火燒掉算了。我會自顧自地逃命，任憑火舌吞噬箱子。

腦袋不停思考著，益發沒有睡意。阿駒心知不可能入睡，乾脆起身。夜氣冷冽，她顫著手打開壁櫥，探進漆黑的空間，摸索著確認箱子包仍覆在綢巾裡。

箱子確實還在，那就好。

此時，一陣風襲向防雨門，彷彿將老舊宿舍的屋簷痛毆一頓般，呼嘯而過。那道巨響底下，隱約摻雜女子的尖叫聲。

她豎起耳朵，卻只聽見風聲。莫非是聽錯？

不，又聽見了。那是女子的嗓音，像在爭吵。

阿駒穿著睡衣衝出走廊，於是清楚聽見阿蔦與阿島寢室傳來的話聲。那個大喊的人是——

「快說，箱子到底在哪裡！」

是阿秀。

阿駒奔向阿蔦的寢室。背後的紙門開啓，有人叫喚一聲「小姐」，是阿辰。阿駒轉頭朗聲道：

「阿秀在鬧事，快來！」

兩人疾步通過走廊，一把拉開紙門後，穿白色睡衣的阿秀身影映入眼簾。她昂然擋在前方，右手緊握菜刀。爲了方便照顧阿蔦，這間房整晚點著燈。由於燈芯纖細，微弱的火光隨透進室內的風搖晃，照得阿秀手中的刀刃熠熠生輝。

阿島鑽出被窩，護住躺臥的阿蔦，瞪著阿秀。穿睡衣的她雙膝外張，露出豐腴的大腿。阿秀的刀尖指向她。

「小姐！」

阿島脫口喊道，阿秀略略回過頭。她那背對座燈的陰暗臉龐，不知爲何，只有一雙眼顯得特別大，清晰地落入阿駒眼底。

「箱子在哪裡？」

阿秀以酒醉般的語氣質問。啊，她瘋了——阿駒直覺反應。

「箱子？」

「少裝蒜！」阿秀口沫橫飛，「就是那個箱子，塗上黑漆的箱子。在哪裡？在妳那邊吧？」

「妳怎能這麼跟小姐說話！」

「她算哪門子小姐？明明是殺人兇手的女兒。」

此話一出，不光阿駒震驚不已，連阿島、阿辰、阿陸，及隨後趕到的久次郎也呆立原地。

阿秀橫眉怒目，淚如泉湧。

「阿駒，聽好。妳娘和妳爺爺有一腿，所以毒害妳那礙事的爹。他死得太過突然，這是唯一合理的推測。」

阿駒張口欲言，雙唇卻簌簌顫抖，發不出聲。

「居然毒死善良的少爺……」

阿秀淚流不止。從後方攬住阿駒雙肩，試圖保護她的阿辰，確認般地輕聲問：

「阿秀，妳喜歡少爺嗎？」

阿陸喃喃低語：「老早就告訴過妳們，阿秀不大對勁。」

「長久以來，我一直在尋找證據。」

「什麼證據？」阿駒好不容易擠出話聲，「我爹遭毒殺的證據嗎？」

「沒錯。而那一晚，我終於發現，少奶奶……」

阿秀望向仍像死人般沉睡不醒的阿蔦。

「她待在佛堂，偷偷摸摸地取出上了黑漆的箱子，不斷說著『忍耐、忍耐』。」

原來如此，阿駒暗暗驚詫。

「那箱子肯定藏有祕密……但我始終找不到。」

「所以妳選擇縱火？以爲發生火災，她就會拿出重要的東西，是不是？」

阿島大叫著躍起，撲向阿秀，「妳眞沒人性！」

阿辰等人也上前助阿島一臂之力。阿秀想必是被最近嚴密的監視逼急了，才會自暴自棄地舉起菜刀。她以一敵四，宛若惡鬼般凶猛無比。

阿駒嚇得腿軟，當場癱坐在地。她想到阿蔦身邊，失控的阿秀卻撞翻座燈，四周頓時著火。

「失火了、失火了！」

眾人叫喊著，連忙滅火。阿秀側坐一旁，氣喘吁吁。阿蔦雙目緊閉，對四周的騷動及凌亂的被褥渾然未覺，靜靜躺著。

阿駒悄悄爬離現場。

——全怪那個箱子，忍耐箱。我再也無法忍耐，裡頭到底是什麼？

爹曾對著那箱子說「忍耐、忍耐」，娘也曾背地偷偷對它低喃「要忍耐」。箱內究竟有何玄機？

阿駒回到自己的房間，顫抖著點亮座燈，自壁櫥取出忍耐箱。解開包巾後，露出白色的木蓮花。她伸手想掀開蓋子。

——萬一阿秀的話是眞的……

彷如鐮刀斬落，這個念頭撕裂她的心。

——要是娘在箱子裡藏什麼可怕的祕密，怎麼辦？

不只是娘，還有爺爺及曾祖父。近江屋的祖先，長年來代代傳承這個絕不能打開的忍耐箱，當中不知積累多少怨念。

阿秀仍在阿蔦房裡哭鬧，火勢似乎已撲滅。

阿駒將忍耐箱擱在榻榻米上。她緊盯著箱子，握住座燈外緣。

——不能打開。

阿駒在心中立誓，緩緩推倒座燈。她凝望著逐漸蔓延的火焰，把忍耐箱移到膝上。

忍耐，我要忍耐。

綁架

那孩子一開口就說：

「叔叔，你綁架我好嗎？」

日暮時分，箕吉端出陶爐，擺在土間（註）外，正在烤沙丁魚串。他拿圓扇搧著，邊凝望裊裊輕煙，心裡惦掛著——阿島約莫在準備晚飯了吧、想必很認眞工作吧、不會挨婆婆罵吧，不知不覺陷入沉思。所以，他一時沒能意會那孩子的話。

打從剛才箕吉就發現有個沒見過的小孩在附近遊蕩。在此久居多年，只消一眼，箕吉便曉得他既非長屋裡的小孩，也不是來找朋友玩。因爲他穿著不俗，衣服上不見半塊補丁，腳下還踩著全新的木屐。

箕吉住在這座隔間長屋的最北端，一旁有口井。那孩子站在井邊，一會兒搭著井緣，假裝往內窺探，一會兒繞著井邊轉，要不就是作勢拉扯吊桶，忙東忙西，頻頻偷瞄

註：日式房子入門處，沒鋪木板的黃土地面。

箕吉。

眼下正是家家戶戶張羅晚飯的時刻，井邊沒其他人。屋簷下不時傳來「還在玩！該回來了吧！」之類喝斥孩子的話聲，或是像「回來啦，今天很熱吧？」太太迎接丈夫返家的招呼聲。唯獨箕吉家，既聽不見孩子的嬉鬧聲，也沒太太的叫喚聲。

儘管滿腦子想著阿島，但有個陌生的孩童在身邊徘徊，他倒也不是渾然未覺。在井邊玩耍太危險，何況夕陽西下，遠方天空只殘留一道暗紅光束。雖然內心曾浮現提醒他「快天黑了，趕緊回去吧」的念頭，不過，這是哪家的孩子啊……

此時，那孩子出其不意地走近，兩手搭在小小的膝蓋上，彎腰窺望箕吉的表情，開口道：「你綁架我好嗎？」

箕吉抬起臉，一雙被煙熏得眨呀眨的眼睛，又多眨了幾下。只見那孩子一本正經。

「咦？」箕吉發出驚呼，「你說什麼？」

「我叫你綁架我。」

箕吉搧著圓扇的手一頓，濃煙撲面，嗆得他連咳不止。他急忙再度搧起風，邊咳邊笑，努努下巴，想打發那孩子離開。

「叔叔沒空跟你玩猜謎。」

「我不是在玩猜謎。」

「回家吧。你聽，烏鴉都在叫了。」

「在哪裡？」那孩子撐著膝蓋仰望天空，一副滑頭的模樣，「沒看到半隻烏鴉啊。」眞是個麻煩的小鬼。

「我不是在講烏鴉的事。我的意思是，天色這麼晚，差不多該回家了。你是哪戶人家的孩子？」

孩童沒答話，又往前幾步。

「叔叔，你是榻榻米店的箕吉叔叔吧？」

這下箕吉稍稍認眞起來，仔細打量眼前的孩子。總覺得似曾相識，是在哪見過？

「沒錯，我是箕吉。你又是誰？」

「我是濱町辰美屋的小一郎。」

「濱町辰美屋？是那家餐館嗎？」

「對。叔叔，你之前來幫我們換過榻榻米吧？」

如這孩子所言，約莫三天前，箕吉確實曾到濱町的辰美屋施工。辰美屋是一家遠近馳名的餐館，尤以冬天的鮟鱇魚火鍋最負盛名。據箕吉的老闆說，辰美屋財力雄厚，合算店面、住家、收租的屋舍，財產不下三千兩。

「你是辰美屋的少爺嗎？」

那孩子點點頭，「叔叔，你不記得我嗎？我可是清楚地記得你呢。你工作時，我一直在旁邊看著。」

這麼一提，換榻榻米時，箕吉老覺得有個小孩的身影忽隱忽現。倘若那就是他，難怪會有點眼熟。

箕吉重新審視男孩。光滑的小小臉蛋，五官端正，兩頰微微泛紅。手腳也很漂亮，不像長屋裡的孩童指甲縫全是泥垢，證明他出身不俗。

雖然不知道名字，也未正式打過照面，但箕吉聽說辰美屋老闆有個獨生子，是家業的繼承人。

箕吉驀地起身，繞過陶爐，走近男孩。男孩雙手從膝蓋上移開，仰望箕吉。當箕吉再度蹲下，與男孩平視時，男孩骨碌碌的大眼筆直回望。

「辰美屋的小一郎少爺，是吧？」

「嗯，我剛剛就說過了。」

「小少爺，不曉得您找我有什麼事？」

箕吉不自覺有禮起來，畢竟辰美屋算是箕吉老闆的貴客。上道的餐館，每年一定會替包廂更換榻榻米。因應店家的財力狀況，有些是全部換新，有些只換榻榻米表面，但不管怎樣，都是榻榻米業者重要的顧客。而且，箕吉的雇主——上之橋的榻榻米店豬吾郎老闆，跟辰美屋上一代當家便有交誼，尤爲看重他們。箕吉也一樣，對方若眞是辰美屋的孩子，絕對怠慢不得。

「小少爺，您一個人來？」

「嗯。」

「我能爲您效勞嗎？」

「不是講過了？」男孩露出小小的牙齒，綻開一笑，「希望你綁架我。」

「綁架……是要我送你回家？」

難道他迷了路，走不回去？

「不對。叔叔，你聽不懂嗎？」男孩急得跺腳，「綁架就是抓走我的意思。」

箕吉當然明白「綁架」的意義，只是認爲這孩子用錯了詞彙。

「我？」箕吉指著自己的鼻頭。

「嗯。」

「綁架您？」箕吉指向男孩。

「沒錯。」

「眞的？不是要我抱您，或揹您嗎？」

「對，綁架我，然後向我爹勒索。」

「勒索……」

「一百兩。告訴他，不給錢就不放人。」

箕吉聽得張口結舌，男孩仍神色自若。望著那張清秀的臉蛋，箕吉突然怒上心頭，認定男孩一定在撒謊。

瞥見男孩脖子掛著一條黑繩，箕吉忽地揪住他的衣領，抓起黑繩。果然，上頭綁有防止孩童走失的名牌。箕吉拉出繩子，握著名牌猛瞧。

「濱町　辰美屋　小一郎

父　金二郎　母　阿末」

名牌上的筆跡俊秀。

「明白了吧？我真的是辰美屋的小一郎。我家有的是錢，拿出一百兩根本不成問題。叔叔，你會綁架我吧？」

箕吉一陣腿軟。他真的是辰美屋的孩子。既非惡作劇，也不是有人設局誆騙。

怎麼辦？

箕吉癱坐在地，小一郎擔憂地輕撫他的頭。

「叔叔，你怎麼啦？振作一點。」

兩人身後的沙丁魚乾冒著濃濃黑煙，烤成了焦炭。

不管三七二十一，箕吉連忙抱起小一郎，帶他到家裡。然後，小一郎坐在入門台階上，晃著雙腳，氣定神閒地開口：

「這就是叔叔的住處？」

「小少爺，聽好。」

明明沒幹壞事，箕吉卻氣喘吁吁。他後背緊貼著出入口的油紙門，冷汗直流。

「您似乎認爲這是遊戲，但綁架是非常嚴重的事。要是有人聽到我們的對話，我馬上會被五花大綁，斬首問罪。」

「誰會聽見？」

「現在好像還沒人……」

「那不就得了。我們趕緊擬定計畫，向我家勒索一百兩的贖金吧。」

「擬、擬、擬定計畫？」

箕吉一陣頭暈目眩。

「小少爺，您今年幾歲？」

「十二歲。」

「我四十八歲。小少爺，您的腦袋應該比我靈光得多，怎麼會輪到我擬定計畫，是吧。」

這句「是吧」，純粹是語助詞，並不是眞的在詢問小一郎。

「小少爺，您怎會突然冒出這種點子？」

「我可不是這一、兩天才想到的。」

箕吉拭去額頭的冷汗，戰戰兢兢地湊近小一郎。他原打算與小一郎並坐，心念一轉，改跪坐在小一郎面前。

「小少爺……」

他腦中一片混亂，不知該如何反應，於是潤潤乾澀的喉嚨，勉強笑道：

「待會兒和我一起回家吧。」

「我不要！」小一郎一口回絕。

「算我拜託您。綁架這麼危險的事，不能隨便亂開玩笑。剛才我也提過，要是旁人聽見，我就毀了。光是您獨自來我的住處已十分可疑，萬一被捕快發現，我跳到黃河也洗不清。」

「哦，原來這麼麻煩。」

「是啊、是啊。」箕吉點頭如搗蒜。

「那我一大叫，你不就慘了？」

「是啊、是啊……咦？」

小一郎露出不似孩童的冷笑，「你不答應跟我合演這齣戲，向我爹勒索一百兩，我就要放聲大叫嘍。」

小一郎作勢嚷嚷。

「我被這個叔叔綁架了，救命啊！你不怕我這樣大喊嗎？」

不知是靈魂、膽子，還是意識，化爲冰水，從指尖流向腳下的地面，感覺自己只剩下一副空殼，冷風颼颼竄過體內——箕吉愣愣想著，才發現原來是口中流洩的呼氣聲。他嘴巴張得老大，遲遲沒闔上。

見這番話奏效，小一郎微微一笑。

「其實，我也不想爲難叔叔。」

箕吉勉強應聲「是」。

「況且，這對叔叔應該也不是件壞事。等那一百兩弄到手，我會分你一半，以後你就什麼都不用愁。你不是這麼說過嗎？我可是聽得清清楚楚。」

「我說過？」

「就是到我家換榻榻米的時候啊。」

箕吉努力讓麻痺的頭腦重新運轉，拚命思索。之前替辰美屋換榻榻米時，和誰談過類似的話題？

「你說，要是有黃金，日後就算生病，或突然撒手離去，也不會給阿島添麻煩，所以得先存點黃金。」

聽到這裡，箕吉終於找回記憶。他和佐山的鐵五郎聊過此事。

爲了以全新的榻榻米迎接新年，商家和武家通常會在歲末更換榻榻米，辰美屋則不然。由於招牌菜是隆冬正鮮美的鮟鱇魚火鍋，臘月天天營業，直到除夕夜。一過完年，初三晚上便又開門做生意。

因而，他們每年都在梅雨季前換榻榻米。在這潮濕沉悶的季節，顧客走過泥濘的地面，專程上門，至少要以全新榻榻米的清爽氣味迎接，此爲辰美屋的用心。另一方面，由於時值榻榻米淡季，承包商不會匆忙趕工，對店家相當有利，算是很好的慣習。

不過，不光客人用的包廂，從家人的住處到夥計的別房，辰美屋所有榻榻米一概換新。且店內僅歇業一晚，短短一天就要全部更換完畢。這門生意，單靠箕吉老闆的人手忙不過來，於是向生意夥伴佐山榻榻米店討救兵。佐山店裡的工匠總管鐵五郎，與箕吉年紀相近，兩人年輕時便認識。久未碰面，兩人趁工作空檔休息及午餐吃便當時，東南西北地閒聊。箕吉談到阿島出嫁後，他放下心中大石，接著又發起牢騷。

「沒錯……我是說過那樣的話。」

「沒騙你吧？」小一郎得意地回道，像是略鬆口氣。

「要黃金的話，我家多得是。」

情緒緊繃的箕吉一聽，也忍俊不禁，「小少爺，您講的黃金和我提到的小錢（註），意思差遠了。五十兩……這金額太大，我根本不曉得怎麼用。」

「你不需要五十兩？」

「拿著該怎麼花？幫自己準備一口純金的棺桶嗎？」

若是以前的箕吉，會拿這筆錢替阿島辦嫁妝。多年來，他一針一線縫榻榻米攢下的積蓄，只夠為阿島做一襲窄袖和服。阿島的夫家是箕吉老闆的親戚，家境富裕，也知道他們窮，仍願意娶阿島。因而，嫁妝的籌措、婚禮的安排，全由對方一手包攬。儘管如此，箕吉還是想送阿島幾件像樣的東西，這是他身為人父的心聲——我可真是個沒用的父親。

看著牢騷滿腹的箕吉，鐵五郎談起箕吉十年前去世的妻子。「箕吉兄，大嫂生病時，你不是買了一條貴得嚇人的朝鮮參嗎？那幾乎花光你所有積蓄，難不成你忘啦？」鐵五郎溫聲安慰他。「經你一提，確實有這回事。」箕吉頷首，接著又說：「日後我生

註：日文的「黃金」和「小錢」同音。

病時，絕不能讓嫁作人婦的阿島替我操心，至少不能給她添麻煩，所以得先存點小錢才行。」

不過，大人的言談，這孩子竟然記得這麼清楚，未免太早熟。箕吉重新端詳他小小的臉蛋，腦海忽然浮現一個早該想到的疑問。拿著另外那五十兩，他打算做什麼？話說回來，他爲何需要這麼多錢？

「小少爺，您想把錢用在哪裡？」

「我要去找阿品。」

「阿品？」似乎是女人的名字，「她是誰？」

「從小照顧我長大的人。去年歲末，阿品的爹身體出狀況，她只好辭掉店裡的工作。」

大概是辰美屋的住店女侍，擔任少爺的奶媽。

「阿品小姐如今在何處？」

「回老家了。聽說是板橋驛站再過去一點的地方，板橋離這裡遠嗎？」

「不遠，但比這裡更鄉下。」

「我常聽阿品說，她老家很窮。以前她沒見過白飯，總是吃小米和稗子。所以，我要帶黃金去，跟阿品一塊生活。等我長大，要替阿品種田，還有騎馬。因爲她像我這麼大時，就要會騎馬，或替馬裝上犁具耕田。」

箕吉抬頭望著男孩，莞爾一笑，「小少爺，您十分想念阿品小姐吧。」

在生意興隆的商家，比起忙碌的母親，孩子往往和照顧他們生活起居的奶媽或女侍較親近，類似的情形屢見不鮮。辰美屋的老闆娘阿末，恐怕也將全副心思放在店務上，疏遠了孩子。

「嗯，我一直想去找阿品。」小一郎坦率得教人憐愛，「可是，她家裡窮，我總不能白吃白喝吧？得設法帶黃金給她，畢竟多一張嘴嘛。」

由於出身商家，這方面特別敏銳。箕吉不禁愈來愈欽佩小一郎。

「小少爺，您告訴過令尊或令堂這件事嗎？」

小一郎瞪大雙眼，「怎麼可能，他們不會讓我去的。我娘最討厭阿品了。」

哦，爲什麼討厭她？箕吉多方揣測，終究沒問出口。

「恕我冒犯……因爲這樣，您才想出向家裡騙錢的方法嗎？」

「嗯，沒錯。」

「可是，您怎會想到綁架？我從沒聽過綁架孩童，向人勒索贖金的手段。」

「綁架不都是如此？」

「綁架孩童和年輕女孩的壞蛋，會將擄來的人賣掉。這麼一來，不就能馬上賺到錢？何況，叫您父母給錢，要怎麼拿？大搖大擺地露面，卻慘遭逮捕，不就白計畫一場？」

小一郎的黑眼珠骨碌碌地轉，一副大感意外的神情。那可愛的模樣，讓人不禁聯想到小老鼠和小兔子。

「唔……綁架是把人擄來之後賣掉啊。」

「當然。小少爺，是您弄錯了。」

「常有人向我爹借錢。」小一郎喃喃低語，「想借的數目較大時，對方會帶來珍貴的物品。等對方償清欠款，爹就會把那珍貴的物品奉還。我只是想，搞不好我也能依樣畫葫蘆。」

「那是拿抵押品借錢。不過，活生生的人是不能當抵押品的。」

箕吉向小一郎解釋著，邊暗忖——哦，原來辰美屋的老闆還開地下錢莊，不知放貸的金額是大是小。

「才怪。」小一郎噘起小嘴，「爹准許抵押活人借錢。」

「怎麼說？」

「像他就會借錢給店裡的廚子。」

「那是夥計預支工錢吧？」

「不一樣。只要缺錢，我爹就會借錢給他們，然後從薪水裡扣。廚子有時也會幫別人來借錢。我都躲在一旁偷看，所以很清楚。」

箕吉大感困惑。要是小一郎所言不假，辰美屋的老闆對夥計未免太苛刻。因爲他一邊向夥計收利息，一邊又利用他們拉別人來借錢。

老闆娘曉得箇中情況嗎？希望不是心知肚明，卻默不作聲。像餐館這種生意，老闆娘的權力遠比其他商家大，老闆幾乎都有名無實。箕吉暗想，阿末雖然管教嚴格，但應該不會如此虧待夥計。

在眾商家中，連夥計的房間也鋪榻榻米的例子，實屬罕見。夥計的住處，與老闆家人的宅邸和店面相較，通常簡陋許多，且室內嚴重滲風，掀開榻榻米便是裸露的地面，不過，這樣仍算好的。一般而言，鋪木地板就不錯了，有些狠心的店家，直接在土間鋪草蓆，讓女侍睡在上頭。

箕吉聽老闆提過，這些全是阿末費心安排。同樣身爲帶領夥計辦事的一店之主，箕吉的老闆對阿末深感敬佩，自嘆弗如。

小一郎靜靜注視著箕吉。箕吉猛然回神，急忙開口：

「總之，活人是不能當抵押品的，我知道是您誤會了。就算我假裝綁架您，也無法從您家中騙取到黃金。」箕吉擠出笑容，「怎麼辦……別叫我把您賣掉喔。像小少爺這樣的孩童，我不曉得上哪找買家，也沒那個門路。」

小一郎一聽，頓時垂頭喪氣，意志十分消沉。看在眼裡，箕吉不禁心想，如果行得通，我也想幫他這個忙啊。

「回家吧。」箕吉勸道：「我送您回濱町。就說您一個人出來玩，一不留神跑太遠，越過大川後，便迷失了方向，而我碰巧遇見小少爺。如何？這樣解釋，小少爺和我應該能免去一頓責罵。」

箕吉牽著小一郎的手，走在夕陽西下的市街上。沿途，爲了讓小一郎打起精神，箕吉主動詢問許多關於阿品的事。小一郎哼著阿品唱過的歌，還聊到阿品有雙巧手，常折紙給他。

辰美屋早鬧得雞飛狗跳。天都黑了，老闆的獨生子還沒回來，也不知人在哪裡，難怪會這麼緊張。儘管箕吉已有覺悟，一顆心仍七上八下，不知剛才編出的那套說辭是否行得通。家人立刻從箕吉身邊搶過小一郎，帶進屋內，單獨把箕吉留在老闆住所北側一間位於廚房旁的小房間。面對大掌櫃和女侍總管，箕吉不斷說著他那欠缺智慧的腦袋拚命編造的謊言，可謂使出渾身解數。

所幸，箕吉是他老闆底下經常出入辰美屋的榻榻米工匠，加上前不久才來過，認眞的工作態度掙得好印象，才平息一場風波。箕吉鬆口氣，儘管辰美屋沒人道一聲謝，他也毫不介意，只想早點離開。他剛要站起身，女侍總管又折返，帶著更爲嚴峻的目光，說道：「夫人想見你。」

箕吉一驚。他根本不想見夫人，但要是敢這麼回話，肯定沒完沒了。於是，他緊跟在女侍總管身後，惴惴不安地前行。

女侍總管步向辰美屋的餐館。店面與住家以走廊相通，箕吉替他們換榻榻米多年，大致已摸清屋內的格局。擦拭得光滑晶亮的走廊另一頭，遠遠傳來宴客包廂的嘈雜聲，不時有箕吉聽過的新內節（註）歌謠，伴隨三弦琴的樂音滿溢而出。約莫每個包廂都請了藝伎作陪，辰美屋今晚一樣高朋滿座。

抵達最前頭的小房間後，聽得一道女聲說「進來吧」，女侍總管便打開紙門。只見一名女子坐在帳房圍欄裡，下巴尖細、臉蛋白皙，梳著整齊的髮髻。她正是老闆娘阿末。

阿末屏退女侍總管，命箕吉在對面坐下。箕吉結結巴巴地問安。

「事情的經過我已聽說。」阿末冷漠地開口，「抱歉，給您添麻煩。箕吉先生，還好是您發現迷路的小一郎。」

註：淨瑠璃的流派之一。

阿末語調清晰俐落，講到「迷路」時卻刻意放慢速度，彷彿已看出端倪，箕吉不禁繃緊背脊。

阿末右手握筆，似乎正在記流水帳，桌上擺著一面大算盤。箕吉思索著算盤上的珠子不知顯示什麼數字，想藉此保持冷靜，但仍不安地腳趾亂動。

半晌，阿末不發一語，靜靜凝睇箕吉。箕吉正襟危坐，只聽見帳房圍欄內的燭架上，冒煙的蠟燭發出滋滋聲響。

突然間，阿末「碰」地一聲擱下毛筆。

「請告訴我實情，箕吉先生。」

「咦？」

「那孩子不是迷路，而是想離家出走吧？」

箕吉悄悄抬眼，窺望阿末的神情。她緊咬朱紅下唇，像強忍著腹痛。

「那孩子有事請您幫忙，對不對？」阿末低聲問，「您不必擔心，先前發生過相同的情形。他突然跑去向私塾的老師借錢，並保證日後一定會工作還清。老師問他要用在哪裡，他說想到遠方。」

「那是何時？」

「今年初春。在那之前，他曾漫無目的地在街上徘徊，店裡的顧客發現，急忙把他帶回。」

阿末疲憊地單手扶額。

「看來，那孩子想離開這個家。」

箕吉再也按捺不住，脫口說出實情，「小一郎少爺不是逃家，只是想去找阿品小姐。」

阿末猛然抬起頭，「阿品？」

「是的。」

小一郎提過，母親很討厭阿品。難道我說了不該說的話？

不過，阿末並未露出更嚴厲的表情，反倒像忽然提不起勁，眼尾線條失去原有的氣魄。

「原來如此，果然與阿品有關。」

「她曾是府上的女侍吧？好像跟小少爺十分親近。」

阿末無力地頷首，「我太忙了，幾乎都是阿品在照顧小一郎。」

「阿品小姐是爲了幫忙家裡而辭職嗎？」

「是的，小一郎出生不久，她便來我們這邊工作，算算也待了好些年。不過，她老家的父親行動不便，需要照料，我總不好強留吧。她是個認眞的好姑娘，實在挺可惜的。」

「她多大年紀？」

阿末瞇起眼睛細數，「當初她到店裡時，應該是十六、七歲，現在恐怕快三十歲。為何這樣問？」

「沒什麼……」箕吉含糊應道。他思忖著，在小一郎心目中，阿品是母親、姊姊，也是朋友。而在撫育小一郎的過程中，阿品亦逐漸長大成人。

「小一郎少爺似乎很想見阿品小姐一面。」

「這也是沒辦法的。」

「聽說阿品小姐的老家在板橋驛站一帶。」

「沒錯。您的意思是，要我帶他去？」

阿末的口吻百般不願。

「我沒那種閒工夫。況且，他有我這個親娘啊。」

「對不起……」

箕吉縮起身子，阿末再度頹然垂首。四周只有蠟燭發出滋滋聲響。

稍頃，阿末小聲地問：「箕吉先生，您有孩子嗎？」

「有個女兒，前陣子終於出嫁。」

「恭喜。長年承蒙您的幫忙，竟然沒送禮道賀，實在對不住。」

「您客氣了。」

「尊夫人過世得很早吧？」

「是啊，將滿十年。」

「一個大男人獨力養育女兒，想必相當辛苦吧？」

阿末說著，宛如呵氣輕撫桌面般，長嘆一聲。

「爲人父母，眞不容易。」

「是啊。」

「小一郎雖是獨子，但其實在他之前還有個孩子。」

這倒是初次聽聞。

「出生不到半年便夭折，是個男孩。我也出身商家，深知商人的孩子有多孤單，所以不論生意再忙，仍盡量親自照顧。然而，我終究忙不過來，害死了孩子。」

面對這突然的話題，箕吉只能靜默無語。不過，經她一提，箕吉倒是想起，「小一郎」通常是替次男取的名字。

「因此，生下小一郎時，」阿末又嘆口氣，「我決定請褓姆照顧。不料，孩子終於養大，卻成了別人的孩子。」

「怎麼說是別人的孩子？小一郎少爺並不討厭您，只是有點思念阿品小姐罷了。」

「還不是一樣？這就是父親和母親不同的地方。」

阿末悵然一笑。

「店內有沒有和小少爺處得不錯的夥計？」

「這個嘛……他在大人堆裡長大，從小天不怕地不怕，跟誰都能玩能聊。」

「若能交到朋友，就會漸漸淡忘阿品小姐吧。小少爺是個男孩，今後也許會和男夥計比較親近。」

語畢，箕吉才發現他忽略了小一郎父親的存在，急忙補充道：「最適合的人選，其實是老爺。」

「他不行。」阿末搖搖頭，「他根本不喜歡孩子，整天只忙自己的事。」

而且，還兼營地下錢莊的生意。

「小一郎常跟廚子新吉、夥計正次郎等人聊天，」阿末低喃，「我請他們多陪陪小一郎吧。」

「這或許是個好辦法。」

「說得也是……謝謝您的幫忙。」

阿末打開抽屜，取出一只紅包，遞給箕吉。箕吉連連婉拒，阿末卻十分堅持，他只得收下。

手中沉甸甸的，箕吉頓時明白金額不小。回家打開一看，放了不少碎銀及銅錢，合計有一兩之多。驚訝的同時，箕吉莞爾一笑，當眞是賺了一筆小錢……

此後，箕吉一直很在意小一郎的情況，但無從得知他的消息，也無法接近辰美屋，就這麼度過一段平淡的日子。進入梅雨季，整天陰雨霏霏，每當一早上工拿起針線，便覺得濕黏。

半個月過去，一個難得放晴的午後，箕吉想著終於能擺脫一點濕氣，在工地享用便當，卻突然被附近的巡捕帶走。據說，有人從辰美屋店面的窗戶丟進一封信，上頭寫道：辰美屋的小一郎在我手中，備妥一千兩，否則孩子性命不保。

「不是我幹的。」

箕吉滿頭大汗，極力為自己辯護，講得口沫橫飛。擔心地跟來的老闆，在一旁聽著，兩道粗眉隨事情的發展起起伏伏，驚詫不已。

押住箕吉的當地捕快，及威武地站在身後的巡捕，都很清楚箕吉與小一郎之前的那場綁架遊戲，才懷疑是箕吉所為。

但箕吉不記得向誰透露過，連對小一郎的母親阿末，他也沒提起半句。

「官爺，您是從哪聽聞的？」

捕快望了巡捕的側臉一眼，答道：「辰美屋的夥計都知道。」

「是小一郎少爺說的。不是告訴所有人，而是對某個人傾吐，事情便傳了開來。」

箕吉恨不得敲自己腦袋，罵自己活該。當初就是他建議阿末，讓小一郎少爺多親近夥計。不難想像，一旦成為朋友，個性率直的小一郎不知事態輕重，肯定會將與箕吉之間發生的種種全盤托出。

驚慌之餘，體內彷彿有人敲了他一記腦袋。驀地，箕吉憶起小一郎提出「綁架」要求時，自己是多麼錯愕。不是擄走孩子賣人，而是向父母勒索贖金。原來還有這麼一招，他震驚不已。

由於是箕吉，所以詫異過後，沒節外生枝。但若聽聞此事的人心懷不詭……會不會說聲「謝謝你教我這個好方法」，撲向小一郎？

——擄走少爺的，就是聽他談過此事的夥計。

箕吉十分篤定。想到這裡，他又渾身直冒冷汗。千萬不能說錯話，稍有差池，恐怕小命難保。會被關進衙門，遭受嚴刑拷打，最後不得不認罪，被移送傳馬町的大牢。冷靜，我要冷靜思考。

「官爺，請教一下。小一郎少爺是何時失蹤的？」

這次同樣由捕快回答，「昨天傍晚。」

「他是外出未歸嗎？」

捕快頻頻窺探巡捕的神情。於是，那名巡捕緩緩開口：

「怪就怪在這裡。他莫名其妙從家中消失，便沒再出現。翻天覆地找了一整晚，仍找不出他的下落。接著，今天早上就收到恐嚇信。」

發生上回那件事後，阿末變得十分謹愼，不僅派人嚴密監視出入口，不讓小一郎擅自外出，連私塾也不准他去。小一郎獨自一人，就連走下庭園都有困難。

「從家中憑空消失……」

忽地，箕吉發現一盞能夠助他脫困的明燈。

「官爺，此事是店裡的人所爲。」

箕吉呼吸急促地道出他的看法。連同之前小一郎提及的有關店主開地下錢莊的部分，也毫無保留地交代。

「我是榻榻米工匠。」箕吉自信滿滿，「曾多次替辰美屋更換榻榻米，很清楚他們住所的結構。請調查夥計的寢室，一掀開榻榻米，底下便是地面。犯人八成是將小一郎少爺誘往同棟建築的房間，加以綑綁，讓他無法出聲，再翻起榻榻米，藏在地板下。然後，趁眾人慌亂之際，自地板下穿過庭院，將他運出屋外。只要看準時機，並不困難。

搜索過室內，大夥便會往街上尋覓，不會把注意力放在家中，這只有夥計才辦得到。當然，外頭應該有同夥接應，想必和借錢有關。再不快找到人，小一郎少爺搞不好會遭滅口！」

不久，箕吉的涔涔冷汗及口沫橫飛的解釋，戰勝捕快的猜疑。巡捕緩緩站起。

兩個時辰（四小時）後，在深川六萬坪前方一處因水路更換而廢棄的水車倉庫，尋獲被五花大綁、餓得奄奄一息的小一郎。最後，辰美屋的廚子新吉，滿心以爲只有箕吉會被懷疑，一時鬆懈大意，溜出門與同夥聯繫，當場被捕。

不過，事情還有後續。

一班綁匪悉數落網後，經訊問得知，他們的企圖與動機一如箕吉所料，因此辰美屋也受到波及。開設地下錢莊是重罪，審判的結果，辰美屋的老闆遭放逐外島，財產全數充公。由於老被妻子騎在頭上，爲排解這股憂憤，他才會動歪腦筋，或許賺了點小錢，卻付出慘痛的代價。

辰美屋破產，樹倒猢猻散，夥計紛紛離去。

箕吉惴惴不安地關注事態的發展，直到聽聞阿末與小一郎覓得新居，母子倆過著和樂的生活，才放下懸宕胸口的大石。據說，阿末意外展現出開朗的模樣，幹勁十足地工作，似乎決心重開一家餐館。原本她就是個不太會因挫敗頹喪的女人。

可是，箕吉仍不敢和小一郎見面，目前還不行。儘管箕吉救了小一郎一命，但也間接奪去他原本的家庭，帶走他的父親。小一郎怎麼看待這一點，阿末又是如何向他解釋，箕吉無從得知。

近來，除了替女兒阿島擔心，箕吉總會想起小一郎，並不時嘗試阿品最拿手的折紙。他已折出好幾隻紙鶴，等到年底，一定能串成千紙鶴。

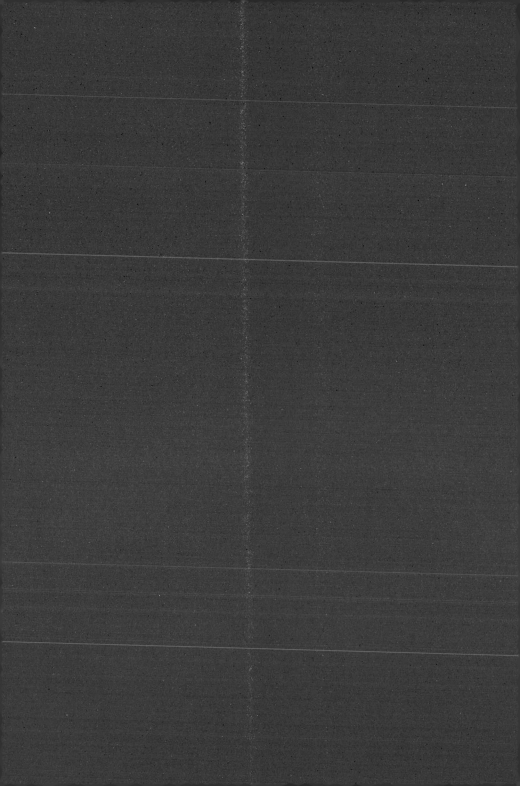

仇家

煩惱著要不要聘請保鑣的期間，加助已三度遭人刺殺。儘管三次都發生在夢裡，但渾身冷汗地從床上坐起前，按著傷口的觸感是如此眞實，一點都不像夢境。儘管毫無食欲，可是不能不吃，硬將早飯往嘴裡塞時，拿筷子的手彷彿又碰到鮮血，不住顫抖。

阿幸原就比加助膽小害怕，所以對加助的決定，馬上舉雙手贊成。只不過，她腦海首先浮現的問題，是僱用保鑣得花多少銀兩才夠。因爲「人選」早已決定，就是同樣住在十間（註）長屋的小坂井又四郎。

「如果是小坂井先生，一定會以便宜的價格接下這份差事。」阿幸說：「再怎麼落魄，好歹是名武士，當傘匠不如當保鑣來得有意思，他不會開價太高的。」

「就不曉得他有多大本領。」

小坂井又四郎已淪爲浪人多年。加助與阿幸的獨生女阿文今年將滿六歲，又四郎搬

註：約十八公尺。

進這座長屋時，阿文還在包尿布。當時又四郎便以製傘爲生，縱使他曾是高手，如今恐怕劍技已生疏。雖說小加助幾歲，應該也年過四旬。

「他佩刀早賣掉了吧，搞不好還是把破刀。」

加助嘟囔著。阿幸聞言，擺擺手。

「這一點都不重要。」她說得直接，「所謂的保鑣，便是指武士持刀跟在一旁。腰間插著刀的膽小武士，看起來仍比拿柴刀的魁梧町人厲害，就是這麼回事。」

「可是拿著破刀……」

「只要不拔刀，誰會知道那是把破刀？」

加助不認爲能這樣蒙混過關。阿幸想保護丈夫的安全，又想盡量降低花費。聽完她的解釋，加助不禁覺得，在最重要的出發點上，兩人的看法似乎有所出入。

「要是你不好開口，我幫你去跟小坂井先生談談。他不是什麼可怕的人，挺隨和的。」

小坂井又四郎爲人隨和，加助也很清楚。正因如此，他才提不起勁。又四郎在井邊洗丁字褲時，見加助外出工作，還會同他打招呼「嗨，精神挺好的嘛」，聘請這種浪人當保鑣，內心頗不踏實。

「總之，一切包在我身上。」

阿幸信心滿滿地保證，邊推著加助的背，催他快出門工作。加助只得將兀自散發熱氣的便當繫在腰間，拖著沉重的步伐離去。究竟希望阿幸與小坂井交涉成功，還是告吹？連他自己也不明白。

那天夜裡，加助一如往常地聽著亥時（晚上十點）的鐘聲，邊準備關店。他向阿鈴打完招呼，步出扇屋的廚房專用門時，小坂井又四郎從瘦弱的南天竹後方出現。

加助一驚，向後躍開。小坂井左手提著沒點火的燈籠，右手遮住嘴，打了個哈欠，所以他的叫喚聲，聽起來像「呵啊～助」。

「小坂井先生……」

「加助，回家吧。」小坂井又四郎說。

「你老婆要我來接你。」

意思是，保鑣的事談成嘍？

「眞的能請您幫這個忙嗎？」

「嗯，酬勞我已經收了。」小坂井拍拍癟平的胸膛，「雖然金額不多，但我恰巧需要這筆錢。」

他的表情寫著——我會做好這項工作的。

「這裡能借個火嗎？」小坂井望向扇屋，「阿幸嚴厲地吩咐過我，等你的時候絕不能點火。因為蠟燭也算你的花用，不能隨便浪費。」

阿幸連這種小地方也很吝嗇。

「我可以點火。」加助應道：「小坂井先生，您會和我一起回去嗎？」

「當然，這不就是你期望的嗎？」

又不是在護送小孩，這樣根本沒意義。加助嘆口氣。

「不曉得阿幸怎麼跟您解釋的，不過，有人想要我的命。」

小坂井搔搔頭，「嗯，我聽說了。」

「有您同行，我或許不會遭人襲擊，但往後一輩子都得這樣。所以，希望您能悄悄跟在我身後，當我遇襲時，立刻衝過來解危，然後殺了那惡徒……」

加助不住打量小坂井的神色，及插在腰際的老舊大刀。小坂井繼續裝糊塗。

「——不然，至少狠狠懲戒對方一番，教他不敢再打我的主意。」

「哈哈哈，原來是這麼回事。」小坂井摸著下巴。他滿臉鬍碴，連夜裡都看得清清楚楚，「這和阿幸說的可不一樣。」

果然，加助暗想。

「看來，阿幸沒講明白。」

「她告訴我，你被客人纏上，飽受威脅。由於擔心走夜路時會遭偷襲，需要一名保鏢。其實這沒什麼，只要連續十天護送你回家，對方腦袋也會冷卻，打消念頭。」

僅僅十天，阿幸又把情況看得過於簡單。她到底答應一天給小坂井多少酬勞？

「這件事沒那麼容易解決。」

小坂井單手提燈籠，晃呀晃地走著，不甚在乎地「哦」一聲。

「總之，今晚先和我一起回去吧，就假裝是碰巧遇見，應該能平安無事。然後，邊走邊告訴我前因後果。」

沒辦法，加助強忍著快讓牙根凍結的二月寒風，娓娓道出始末。

去年歲末，扇屋的店主德兵衛中風倒地。

扇屋是家居酒屋，位於新大橋旁、御籾藏邊的深川元町，中午也提供飯食。德兵衛與妻子阿鈴張羅一切，掙的錢還算過得去。

德兵衛獨自負責廚房的工作。阿鈴今年三十五歲，原本是名藝伎，頗具姿色，雖然招呼客人很有一套，卻連一條白蘿蔔也沒切過。德兵衛病倒後，扇屋當天便無法開張。

「所以，才會輪到我出場。」

加助原是日本橋西河岸町一家飯館「瓠屋」的通勤廚子。他從小便受僱於那家飯館，由跑腿和打掃做起，經多方磨練，終於得以獨當一面。瓠屋位在魚市場和青果市場附近，雖只是餐館，卻擁有正面十一尺寬的雙層建築，光廚子就有四人，頗具規模。店裡生意興隆，資產穩固，加助夢想著一輩子在這裡當廚子，因而非常勤奮。

瓠屋的店主與扇屋的德兵衛是舊識。得知扇屋的窘況後，他不忍心袖手旁觀，於是向阿鈴提議，在德兵衛病情明朗、決定是否繼續營業前，撥一名廚子過去幫忙。

「哦，最後挑中你嗎？」

小坂井應道，手中燈籠被北風吹得搖搖晃晃。兩人走過猿子橋，望著左邊南六間堀町的町屋、右邊井上河內守的宅邸外牆，一路前行。來到富川町右轉，此處到小名木川畔途中，右側是綿延不斷的武家宅邸外牆。儘管路面寬敞，卻令人渾身不自在。要是背後有人偷襲，將他逼向冰冷堅硬的牆，猛然以匕首一刺，肯定當場一命嗚呼。加助不時回望，加快腳步。

「瓠屋老闆是我的恩人，而且，雖說是去幫忙，實際上是把整間居酒屋交給我打理，起先我相當感激。」

何況，深川元町位處加助居住的柳原町三丁目長屋與日本橋中間。寒冬時節能縮短通勤距離，聽起來似乎是老人家才會在乎的事，對四十五歲的加助卻是個好消息。他高興地一口答應，過完年便前往扇屋工作。

「老闆娘阿鈴個性略嫌剛強，卻是不折不扣的大美人。」加助道出在阿幸面前不敢談及的話，「因爲情況特殊，她一切仰賴我，相當尊重我，加上工作容易，最初的十天實在輕鬆愉快。」

豈料，其中藏著可怕的陷阱。

「扇屋有個年輕的常客，名叫勇吉。」

他年約二十五、六，皮膚光滑白淨，貌比潘安。不僅能言善道，而且酒量過人，給錢也很豪邁，算是扇屋的貴客之一。

「打第一次照面，我便仔細端詳過這個小伙子。他有雙漂亮白皙的手，想必幹的不是什麼正經活。大概是靠賭爲生，游手好閒的人。」

勇吉似乎對老闆娘阿鈴一見鍾情。

「據阿鈴夫人說，對方多次追求她，但她是有夫之婦，也不喜歡這樣的男人。即使看在是貴客的分上，說過幾句溫言軟語，卻不曾向他示好。對方完全被愛欲沖昏頭，覺得只要有意，隨時都能將阿鈴夫人占爲己有。」

不巧，店主德兵衛病倒。勇吉見機不可失，喜得伸舌舐唇，來到扇屋——

「就在這時，看到你那張蒼白又浮腫的臉，對吧？」小坂井笑道。

「說我蒼白又浮腫，未免太毒了。」

北風呼嘯不止，加助不禁縮起脖子。他穿著棉襖，脖纏圍巾，小坂井則只套件寬袖外衣，袖子隨風翻飛。加助抬頭望著小坂井，暗想「他不會冷嗎？」時，這名高大的中年武士撇開臉，打了個響亮的噴嚏。

「那麼，你的敵人就是勇吉嘍？」掛著鼻涕的小坂井問，「簡而言之，是單戀老闆娘的小伙子大動肝火，想取你性命？」

「沒錯。」加助無精打采地點頭。

歸程只剩一半，就快抵達富川町，但此處左右兩側及前方皆爲武家宅邸的圍牆，是最危險的地點。加助不想經過這裡，昨晚還刻意繞遠路，由北森下町穿越町屋中央。

弦月高懸的夜晚，星星似乎也因極度寒冷，不安分地頻頻閃爍。加助重新纏好圍巾。

「勇吉有任何明顯的威脅舉動嗎？」小坂井問。

「嗯。頭一次見到他，應該是一月二十日。那天他喝著酒，邊惡狠狠地瞪我。隔天晚上，我準備返家時，他堵在後門，出聲恐嚇『要命的話，就別去招惹阿鈴，不准你再踏入扇屋半步，明白嗎？』並亮出懷中的刀子。我極力解釋，說只是受瓢屋老闆的請託來幫忙，但他根本聽不進去。」

「僅止於此？」

「怎麼可能，之後他明擺著在夜裡跟蹤我，還不下十回，前晚甚至……」

光是想起，加助便覺得肚子犯冷，背脊發涼。

「等在前方的深川西町，冷不防從屋舍間的巷弄竄出，一刀刺向我。」
從那之後，加助便不斷夢見慘遭刺殺的情景。
小坂井完全不爲所動，「你巧妙躲開了嗎？」
「我可是拚命躲過的。」
「躲過後，他沒繼續追殺你嗎？」
「當時碰巧更夫從另一頭走來，否則我早就撒手歸西。」
小坂井按著不住受北風吹襲的燈籠，低喃：「還眞是萬幸。」
兩人一問一答之際，已來到新高橋前，左轉便是深川西町。
「昨晚我不敢走這裡。」
不知不覺間，加助湊近小坂井身邊說道。
「倒也難怪。你沒想過稟報瓠屋老闆此事，從扇屋抽手嗎？」
「這樣太對不起老闆。」
「眞是個老實人。」
「我現在能獨當一面，養活老婆孩子，都得感謝他。」
「或許是白費力氣，但你沒跟阿鈴談過，請她試著和勇吉協調嗎？」
「沒用的，阿鈴夫人很怕勇吉，一直哭著求我別辭掉店裡的工作。」

「她沒說要自掏腰包，替你雇保鑣嗎？」

「大概沒想到這一層吧。光替丈夫請大夫、買藥，就得花不少銀子，何況她又是女人家。」

「你老婆阿幸不也是女人？」

「小坂井先生，您不曾娶妻吧？否則就不會這麼講了。」

小坂井的來歷是個謎。加助等人居住的長屋，管理人性格頑固，想租屋一定要有可靠的保證人。能讓這名管理人看上眼，表示小坂井也非泛泛之輩。不過，住戶間不免有些流言蜚語，說他原本不知是御家人（註）還是某地的藩士，因故遭到除奉。

看小坂井的模樣，彷彿出生就是浪人。不過，這還是加助第一次問及小坂井的昔日生活，他不禁一陣歉疚。

「抱歉，說了不該說的話。」

「沒什麼，不必放在心上。」小坂井打個哆嗦，「今天真冷，不曉得阿幸肯不肯讓我們喝一杯。」

「行啊，我也想來一杯。」

走到深川西町與前頭菊川町四丁目的町屋之間的小路時，右邊河面襲來一股強風，燈籠搖搖晃晃。倏地，小坂井停下腳步。

「怎麼啦？」

加助神色一僵。小坂井慵懶地舉起燈籠，指著前方。

「有人倒在地上。」

加助定睛細看，不遠處的町屋門口，立著一個大臉盆，後面露出疑似人頭的東西。

「小坂井先生……」

加助嚇得無法動彈，小坂井斜瞄他一眼，緩緩上前。他提著燈籠，單膝跪地，另一手探向那人的脖頸。加助靜靜待在一旁，只覺得北風凍得他淚水直冒。

「如何？」

「死了。」

小坂井回話時，加助背後響起一聲尖叫。

「啊，殺人、殺人啦！」

加助急忙回望。月隱的暗夜，唯一的亮光便是小坂井的燈籠，加以離他們不到兩公尺的男子雙手掩面，根本瞧不清容貌。見加助轉頭，男子隨即後退。

「殺人犯！」男子放聲大叫，拔腿就跑，瞬間繞過街角，消失無蹤。

註：江戶時代，直屬將軍的低階家臣，奉祿在一萬石以下。

「我……我才不是殺人犯……」

加助喊著追上前，卻只是白費力氣。

小坂井說，天氣這麼冷，確實難熬，但逃走反倒可疑，於是兩人留在現場看管屍體。不久，周遭的居民飛奔而來，附近的門衛及當地捕快也迅速趕至，引發不小騷動。一問之下，似乎是剛剛那名男子衝進衙門報案。

「唔，這也是理所當然。」小坂井雙手揣在懷中，落落大方道。確認過屍體，發現死者胸前仍插著一把老舊的匕首時，他喃喃低語「哦，果然沒錯」，神色自若，與腦中一片空白的加助迥然不同。

雖然打一開始就沒被當成罪犯，小坂井和加助仍安分地一起前往衙門。帶走兩人的捕快，神情十分嚴峻。加助語無倫次，所以都由小坂井回話。他雖為浪人，畢竟是名武士，捕快也不敢咄咄逼人，盡量客氣詢問。

「小坂井先生，幸好是找您幫忙，太幸運了。」加助感激道。

「其實，你遠比想像中幸運。」小坂井語帶玄機地頷首。

遇害的是住在向島，專放高利貸的老翁，名叫島屋秋兵衛。之所以三更半夜還在菊川町遊蕩，是因他在這裡養著一個年輕小妾。看樣子，他是在小妾香閨度過春宵後，於返家路上遭逢劫難。懷裡的錢包被洗劫一空，繫在腰間的銀煙管也不翼而飛。不過，匕首插在胸口，顯見盜匪的手法相當粗暴。

截至目前爲止，雖然發生可怕的事，但就加助的立場，全都事不關己。可是，當捕快曖昧地問起凶器是否爲加助所有時，情況變得不太對勁。

「我？」

加助愕然無言。

「我才沒帶匕首。」

「眞的嗎？」

捕快是個年輕人，幾年前剛繼承上一任的地盤。加助一向和公差毫無交集，不過，他曾見這名年輕捕快出入長屋管理人的住處，而對方似乎也曉得他的身分。

「你辭掉瓢屋的工作啦？」捕快甚至如此問道。

「我有菜刀就夠了，根本用不到匕首。」

不知是悠哉還是厚臉皮，小坂井竟要差役泡茶給他喝。聽到這裡，他從旁插話：

「官爺，是誰告訴你這些事的，讓我猜猜吧。」

捕快莞爾一笑，「哦，大爺知道嗎？」

「八九不離十。是扇屋的老闆娘阿鈴，對不對？」

加助聞言，差點腿軟。年輕捕快朗聲大笑。

「猜得眞準。你倆自稱湊巧路過，爲了確認這一點，我們前往扇屋。老闆娘先是詢問殺人用的匕首是什麼模樣，又說加助先生最近總是隨身攜帶匕首。」

「哪有這種事！」加助大喊，激動地起身，「阿鈴夫人不會這樣信口開河的。」

「可是，你不是遭一名叫勇吉，迷戀阿鈴的男客威脅嗎？阿鈴告訴我們，你爲了防身，到哪都帶著匕首。」

小坂井朝張著嘴一開一闔的加助說：「你中了圈套。」他喝口茶，繼續道：「不，正確地講，是差點中圈套，幸好你僱了我。」

「他們眞是把我看扁了，我哪有那麼笨啊。」年輕捕快如此說道，繼續查探案情。在案情水落石出前，加助待在家中，足不出戶。不過，案發不到四天，捕快便上門拜訪，苦笑著向他解釋一切，果然不是個簡單人物。

「阿鈴和勇吉眞的有一腿。」年輕捕快說：「勇吉前前後後向放高利貸的秋兵衛借了五十兩，大概是賭博輸得精光。於是，他與阿鈴合演這齣戲，想抹消那筆爛帳。」

勇吉假裝迷戀阿鈴，找加助麻煩。接著，他看準秋兵衛來尋小妾的日子，趁秋兵衛返家時行凶，並留下匕首，再設計讓加助發現那具屍體，引發騷動。最後，由阿鈴出面作證「這是加助先生的匕首。因爲受勇吉威脅，他總是隨身攜帶……」，捏造謊言，陷加助入罪。

當然，朝發現屍體的加助他們大喊「殺人啦」，衝進衙門通報的男子，也是勇吉和阿鈴的同夥。據捕快的調查，他是勇吉的賭友。

這名男子扮演的角色，就是在加助注意到遇害的秋兵衛時，大聲嚷嚷「殺人啦」，再前往衙門報案。待官府展開調查，便睜眼說瞎話，指稱「是的，我親眼瞧見那個叫加助的男人刺殺對方」，只差沒補上一句「他還往對方懷中掏錢」。像這樣信口雌黃，並非難事。

不過，這幫手的腦袋很不靈光，加助實在走運，但對阿鈴和勇吉而言，可就背到家。此一招數只有在加助單獨經過現場，沒其他人證時才行得通，他卻沒想到這點。明明看到小井坂同行，仍完全照劇本搬演，四處大呼小叫，導致事件顯得古怪離奇，反倒露出馬腳。

「啊，幸好請來小坂井先生幫忙。」

加助打從心底這麼想。

「他早看穿這場騙局，當下才會那麼說。」

加助感激涕零，捕快不服輸地「哼」一聲。

「即使那時只有你一人，我也不會被這種蠢計謀矇騙。像你這般中規中矩的廚子，就算身上帶著匕首，爲什麼非得當起搶匪、刺殺秋兵衛不可？毫無理由嘛。勇吉欠下一屁股債，所以看著別人，也覺得是一副愛錢樣。」

「是……」

「還有，你不也提過『我有菜刀就夠了，根本用不到匕首』？廚子只會拿慣用的武器，阿鈴那個笨女人，明明丈夫就是廚子，卻一點都不懂這層道理。」

捕快趾高氣昂地離去後，加助立刻外出買了近一公升的酒，拎到小坂井的住處。這名浪人今天同樣在認眞製傘，他喜孜孜地歡迎上門的美酒。

「好在有這麼一個腦筋靈活的捕快。」小坂井說著，興沖沖端出缺一角的茶碗。

「小坂井先生，您早就發現對方的陰謀了吧？」

「嗯。」小坂井微微側著頭，「在路上聽你描述事情經過時發現的。」

「怎麼發現的？」

「因爲勇吉只是口頭威脅，並未眞正襲擊你。」小坂井解釋，「在深川西町偷襲你時，見你逃走，他便沒再追擊。換句話說，他不過是擺擺樣子。實際上，勇吉一直在等秋兵衛前往小妾家過夜，所以天天跟蹤你。眞那麼迷戀阿鈴，甚至不惜亮刀子，怎會從一月中旬到現在都沒傷過你。他被瘋狂愛意沖昏頭，應該會忍不住對你動手。」

加助兀自沉吟，「是嗎？」

「就是這麼回事。」小坂井頷首，神情若有所思，「別看我這樣，我對瘋狂的人有獨到的見解。」

半個月後，小坂井又四郎突然離開長屋。他趁夜打包好行李，便不告而別。

加助與阿幸都十分驚訝。明知長屋管理人個性拘謹，最討厭嚼舌根，一向絕口不提房客的隱私，他們仍忍不住上門詢問小坂井發生何事。

管理人如柿餅般皺紋密布的臉，又皺得更厲害。

他沉思片刻，低語：「小坂井先生吩咐，要向你們夫婦倆問聲好。」

一再叮囑不得洩漏口風後，管理人才娓娓道出緣由。

「其實，小坂井先生是別人的仇家。」

「仇家？」

「沒錯。這可不是一般的報仇，因爲上頭老早便發布禁令。奉主上之命追討——即主君親自下令，要取小坂井大人的性命，所以，昔日同僚一直在追殺他。」

管理人沒明講是哪一位藩主。

「八年前，小坂井大人在某藩的江戶藩邸擔任用人（註）總管，是個了不起的人物。或許是看他辦事牢靠，夫人做什麼都找他，整天把他的名字掛嘴邊，惹來藩主的妒意。實話告訴你吧，藩主懷疑小坂井大人與夫人私通。」

管理人忿忿不平地揮動菸管。

「這位藩主天生流著瘋狂的血脈，疼愛的時候，將對方捧在手心上，憐惜到令人咋舌的地步，一旦恨起來，就非把對方斬首不可。由於藩主派出追兵，不得已，小坂井大人只好逃命。他讓夫人返回娘家，自己則脫藩成爲浪人。」

我對瘋狂的人有獨到的見解——加助想起小坂井說這句話時，那凝望遠方的眼神。

「不過，藩主瘋狂的行徑也引起眾人的擔憂。尤其是將繼承藩位的少主，似乎正積極地運作，希望讓父親早日退位，才能長保藩內的安泰。少主一黨認爲，像小坂井這樣的能臣，絕不能莫名其妙被殺，一直暗中保護他。少主還與小坂井大人約定，在藩主退位前，請他暫時忍耐一段時日。所以，小坂井大人沒離開江戶，過著隱匿的生活。」

「原來如此。」

「沒錯。不過，這次的事卻讓小坂井大人名聲外傳。由於是町場發生的案件，應該不必太擔心，但不怕一萬，只怕萬一。雖然少主極力保護，藩主與他的親信仍在追殺小坂井大人。愼重起見，最好更換藏身地點，小坂井大人才會遷往別處。」

加助默默點頭。他請小坂井先生當保鑣而逃過一劫，卻給對方添不少麻煩。

小坂井走得匆忙，住所的一切大致原封不動。他沒什麼家當，兼差製作的油傘，仍留在屋裡沒交貨。後續他已委由管理人處理，加助也幫忙將油傘送至傘店。

加助和管理人準備外出時，一名年輕武士來訪。一看就知道他是派駐江戶的藩士，外表土裡土氣，還略帶鄉音。只見他客氣地輕聲喚出管理人。

兩人交頭接耳半晌。看情形，這名年輕武士不是追兵，而是袒護小坂井的一方。望著他一本正經的神情，加助衝動地脫口問道：

「小坂井大人可能復職嗎？」

管理人板起臉，瞪視加助。年輕武士則望著他，頻頻眨眼。

「再過不久，一定會的。」武士微笑應道：「他是藩內不可或缺的人才。」

加助不禁鬆口氣。

「太好了。要是有機會遇見他，請代爲轉告，加助很感謝他。能請到小坂井大人擔任保鑣，我眞是三生有幸。」

「保鑣？」年輕武士一臉詫異，似乎不知詳情，「哦，小坂井大人當你的保鑣嗎？」

註：掌管金錢出納、雜事等事務的藩士。

「是的。」

「可是，他對劍術一竅不通……」

說到一半，年輕武士突然噤聲。他恢復正經的表情，拘謹地回道：「我會轉告他的。」

忽然間，濃雲密布的冬日天空，降下寒冷的冰雨。管理人連忙拿傘給年輕武士。

「小坂井大人做的傘啊。」

年輕武士懷念地低喃，撐開傘。淅瀝嘩啦直下的冰雨，在傘頂化爲渾圓的水球，紛紛滾落。

十六夜骷髏

一

虛歲十五那年，阿菈到小原屋幫傭時，正值櫻花色澤由濃轉淡，孤寂淒清的暮春。去年歲末，侵襲本所一帶的大火奪走阿菈的雙親和弟弟，舅舅替她著想，代爲安排了這份工作。

小原屋是一家米行，四代前便在深川高橋奠定基業。舅舅告訴她，這是求之不得的好東家。

然而，進小原屋後，比她早來幫傭的女侍阿里，冷不防對阿菈說：

「妳舅舅嘴上講得好聽，其實是想攆妳走。」

「攆我走……？」

「小原屋不是什麼求之不得的好東家，甚至已危在旦夕，一些資深的夥計都走得差不多了。」

這麼一提，店內確實處處透著冷清。

「妳舅舅一定暗想著，只要有人肯收留妳，不管哪裡都行。」

像是拿菜刀切蘿蔔，阿里言詞犀利。不過，見阿菈低頭不語，她好勝的眼神略微收斂，改以大姊姊的口吻補上一句。

「妳還只是個不懂事的小孩，不過，今後可不能這麼天眞。記住，人世間吹的風，既不是東風，也不是南風，全是寒涼的北風。」

於是，不到十天，阿菈與阿里變得無話不談。白天百忙纏身，唯有在一扇朝北的窗也沒有的傭房內，並枕入睡前，兩人才能聊聊天。儘管如此，這仍是心底不可或缺的慰藉。

疲憊的身軀一沾床，雙眸便不自覺闔上。要是睡著，轉眼又是天亮，又有一整天的工作等著。因此，睡前恍恍惚惚地放鬆交談，是阿菈最快樂的時刻。

阿里比阿菈年長兩歲。

「像我這種四處幫傭的人，身世不值一提。」

她總是這麼說，不願言及自己的身世。然而，她卻很想知道阿菈以前的生活。

「妳家是經商的吧？」

「嗯，是煮豆子做買賣的店。」

「生意好嗎？」

「日子勉強過得去。」

不過很快樂——這句話來到嘴邊，阿蕗又硬生生嚥下。她驀然想起，父親珍惜地拿筷子滾動每粒阿多福豆（註），確認軟度和色澤的身影，以及那溫柔的神情。

「後來被大火燒光了吧？」

阿蕗把臉埋進單薄的被窩，輕輕點頭。她不想被別人當成愛哭鬼。

阿里仰望天花板，說道：

「我和阿滿不一樣。就算妳哭，我也不會罵妳的。想哭就哭吧。」

阿滿是小原屋的女侍總管。她爲人就像石磨般毫不通融，有對和飯鍋一樣又大又重的肥臀。她管束嚴格，絕不留情，大夥甚至在暗地裡說「阿滿背後長了眼睛」。

「即使是她，也不可能背後長眼睛。不過，搞不好紋著小原屋的商號。」

阿里有時會這樣逗阿蕗笑。

「無論如何，在這裡工作的日子不長了。」

註：較大顆的蠶豆。

阿里苦笑著，嘆一口氣，繼續道：

「如今的小原屋好比強風吹襲下的稻草人，何時會倒下，沒人知曉。不過，妳和我暫且都無處可去，也找不到其他方式謀生，只能留在這裡幫傭。」

沒錯……我已沒地方討生活，阿蕗也默默思忖。然而，腦海卻浮現父母和弟弟的身影、奪走他們性命的熾紅烈焰，及散發焦臭的熱風。為什麼唯獨她獲救？她至今仍不明白。鄰居都說是福大命大，但阿蕗不以為然，自己並非僥倖存活，只是沒死成罷了。這樣想會遭天譴，也無助於祈求冥福，但她就是揮不去此一念頭。

一個月後的某晚，入睡前，阿里忽然冒出一句。

「妳似乎已習慣女侍的工作……」

阿里斂起笑容，繃著臉。

「聽好，接下來或許會發生一些可怕的事，但妳得忍耐。」

「可怕的事？」

「之後妳自然會明白。就算妳不想知道，阿滿小姐也會講給妳聽。所以，妳就先忘了吧。」

語畢，阿里沒再開口，不久就傳來她的打呼聲。

阿里吊人胃口的話，令阿蕗輾轉難眠。她躺著左思右想，半個時辰後，忽然覺得有股尿意。

店裡嚴禁浪費蠟燭和燈油，但阿蕗實在忍不住，於是摸黑點燈，以掌輕掩，躡腳來到走廊。

廊間的昏暗猶如一件濕衣，冷冷包覆阿蕗全身。前行約三公尺，左轉盡頭便是廁所。右側是個小中庭，擺有一只水缽，掛著幾條手巾。

左轉時，阿蕗注意到前方的門迅速關上，有人走進廁所。雖然沒看清對方的長相，卻隱約瞥見消失在門內的白皙手指及衣袖。

那會是誰？

阿蕗把燈移至胸前，等在外邊。儘管焦急難受，仍極力忍耐。

然而，廁所始終緊閉。

究竟是誰？阿蕗不停思索著。她連對方衣服上的圖案也沒看見，只瞄到手。傷腦筋的是，米行裡的人都有雙白皙的手。生意做久了，肌膚自然變得和米一樣白。

阿蕗再也忍不住，從一數到十後，便走近廁所，握拳敲門。

沒人應聲。

她又敲一次，依然毫無回應。

索性推開門，潮濕的臭氣撲鼻而來。

裡頭空無一人。

她手中的燈火搖曳。

驀地，木板底下的深沉黑暗中，冒出更為漆黑的物體，直直逼向阿蕗，幾乎快觸到她的臉龐。

阿蕗衝出廁所，在走廊上狂奔。來到轉角處，她回望身後的動靜。

此時，一抹雪白映入眼簾。阿蕗雖沒出聲，心底卻驚叫連連。是手巾。

這次阿蕗轉頭就跑，衝進房內後，緊緊抱著阿里，把事情經過告訴睡目惺忪、頻頻眨眼的她。

「嗯。」

阿里不顯半點驚慌，一副無關緊要的神情應道。

「我不是才提醒妳？要忍耐。」

「可是，那到底是什麼？」

「我說過，日後妳就會明白，原原本本的。」

阿里沒搭理她，又自顧自地睡著。阿蕗急忙以棉被蒙住頭。

日後妳就會明白——

的確，在阿滿的使喚下，每天都忙得不可開交。而在這樣的日子裡，阿蕗也隱約看得出，小原屋確實財務吃緊。她的工作是用力划動船底的槳，至於船上情況如何，沒必要打聽，但既然底下的水這麼冷，上頭的水恐怕溫暖不到哪去。

前年夏天，存放在倉庫裡用來販售的白米，湧出大量米蟲——這是霉運的開始。究竟是什麼地方出問題，原因不明。嘗試過各種辦法，始終不見成效。束手無策的結果，只能將大量白米丟棄。

站在米行的立場，這是後代子孫也會跟著蒙羞的奇恥大辱。信譽一落千丈，加上處理不當，老主顧不斷流失。如今，連投標武家釋出米（註）所需的島札組資格，都面臨遭取消的命運。消息源自一名童僕，阿蕗在土間洗蕃薯時，他空著肚子走近，一副通曉內幕的模樣透露此事。

「偷偷告訴妳一個祕密吧。」童僕神秘兮兮道。

「聽說，倉庫裡冒出的米蟲都長著臉。」

「臉？」阿蕗洗著蕃薯的手一頓，「人臉嗎？」

註：江戶時代的領主會出售領民進貢的米，以換取金錢。

「沒錯，很像骷髏頭。」

阿蕗大吃一驚，莫非是阿里口中的那件事？

「喂，店裡到底有什麼祕密？阿里姊老說日後便會明白，一直不告訴我。你清不清楚？」

阿蕗傾身向前。原本表情開朗的貪吃小鬼，突然噤聲不語。

「唔，因爲妳剛來不久……」童僕低喃，「她的話不假，之後妳就會懂。對了……差不多是月圓時，妳再等一陣子吧。不論妳問誰，都只會得到相同的答案。」

語畢，童僕便丟下阿蕗，逃也似地跑走。

（月圓啊……）

阿蕗一頭霧水，只覺得像被眾人排除在外。

二

梅雨過後，夏去秋來，秋風吹送。季節流轉中，小原屋這艘危傾的船，仍搖搖欲墜地向前航行。不時會有不速之客上門，或是見資深掌櫃面容憔悴，在在透露店鋪的前景堪憂，但對阿蕗這樣的下女而言，全都只是轉瞬間的事，不會擱在心上。

平日的生活，尤其以她供人使喚的身分，豈是一個「忙」字了得。就像肉眼看不見的細小塵埃飄降堆積，轉瞬便將地板染成一片雪白般，忙碌也覆蓋阿蕗心中的種種思緒。連失去家人的悲傷，也逐漸被掩埋。

而對小原屋隱藏的可怕祕密產生的興趣，同樣爲忙碌掩蓋。人總會避免想起無力改變，或不愉快的事，況且廁所驚魂僅止一回，之後便沒發生嚇著阿蕗的情形，於是她沒再細究。

正因如此，七月中旬的某日，在井邊汗流浹背地洗衣之際，阿里拉吊桶的手一頓，突然提起這個話題時，她沒能立刻會意。

「阿蕗，可有從阿滿小姐那邊聽到什麼？」

「妳是指……？」

她思索一會兒，才猛然憶起。

啊，快要滿月了。

（月圓那天，阿滿小姐會告訴妳。）

「不，還沒。」阿蕗抬頭望著阿里，「就是妳提過的『以後就會明白，會被告知』的事吧？」

「嗯，我那時也一樣。」

「月圓夜有何特別之處嗎？」

秋陽下，阿里綁著束衣帶、捲起袖子露出的光滑上臂，散發豔澤。她笑著轉移話題。

「沒什麼特別的，就是個我們有忙不完的活要幹的夜晚。」

阿里所言不假，愈接近中秋，阿蕗愈巴不得能多副身軀來幫忙。平時的工作外，還得協助阿滿做各項準備，諸如捏白玉糰子、煮毛豆和栗子，並裝進合適的容器，連庭園的打掃也特別講究。

「今晚好像有老爺的朋友要來賞月。」

鼻頭冒汗的阿里說道。

「不過，最後應該又會談到錢的事。」

她「嘿嘿嘿」地笑了，但聽來一點都不快樂。

「希望不要起爭執。」

所幸，當晚無雲，月明如鏡，猶如天神將夜空切出一塊圓洞，提著燈籠俯瞰下界。賞月的客人爲小原屋帶來久違的和樂。夥計跟著大快朵頤，接受此許美酒款待。

阿蕗忙著上菜，侍候眾人。告一段落後，她和阿里被喚至阿滿房裡享用糰子，並在滿月下拿線穿針，祈求針線技藝能更加精進。

阿滿的房間不大，但有緣廊和庭院，還能清楚瞧見明月。

庭院角落種著絲瓜，瓜藤順棚架纏繞，幾乎跟人一般高。長長的莖有一處割痕，下方擺著盛接的器皿，在月光下清晰可見。趁阿滿離開時，阿里歪笑著悄聲道：

「阿滿小姐似乎尚未捨棄女人的一面，瞧，還擠絲瓜汁呢。」

阿蕗懂她話中的意涵，以前母親也曾這麼做。在陰曆十五的月光下擠出的絲瓜汁，能讓女子肌膚光滑細緻。

母親是爲日漸長大的阿蕗著想。思及此，阿蕗不禁悲從中來，持針的手不住顫抖。火災時的景象、至親的屍骸，驀地浮現腦海。明明是歡樂良辰，卻讓她想起再也無法同樂的家人。

父母的身體幾乎被燒成焦炭，難以辨識五官，弟弟則與他們不同，可明顯看出傷勢及灼燒的程度，反倒更覺悲慘。不知爲何，他的指甲縫滿是泥土，恐怕是灼熱難捱，痛苦萬分。下葬前，原想替他清除泥垢，但就是洗不乾淨。

「之前提過的那件事，就在明天了。」

阿里突然冒出一句，神色正經。阿蕗急忙從回憶抽身，仔細聆聽她的話。

「明天？」

「嗯。妳不曉得嗎？十五是滿月，隔天叫十六夜月。」

「十六夜月？」

「沒錯，聽說是猶豫著不肯出現的意思。十五日一過，月亮便愈來愈晚露臉。」

「阿里姊，妳懂的眞多。」

「我以前服侍的官人喜歡造俳句，這是他教我的。」

阿里嫣然一笑。從她笑中蘊含的神色，及「官人」這般親膩的話語，阿蕗嗅到一股騷味。

阿里自稱是「四處幫傭的人」，搞不好並非只接女侍的工作。

阿滿再度喚阿蕗至房內時，已是眾人熟睡的深夜。

阿里一派輕鬆地目送阿蕗，表情彷彿寫著「放心走吧」，但阿蕗實在無法報以微笑。

「進來，那邊坐。」

阿滿一如往常地下達指示。

「今晚開心嗎？」

阿滿不帶一絲笑意地問。

「開心。」

「是嗎？那就好。」

見阿滿還是沒有笑容，阿蕗攏在膝上的雙手緊握成拳。

「接下來，我得告訴妳一件重要的事。」

阿滿的嗓音低沉。或許要談的話題過於沉重，她不禁微微前傾。

「明天就是十六夜。」

阿滿繼續道，阿蕗頷首。

「看樣子，妳好像知情。」阿滿瞪著她。

「……知道一點。阿里姊說，阿滿小姐有話告訴我。」

「是嘛？」阿滿吁口氣，接著挺直腰桿，抬起臉。

「聽好，我們小原屋遭受十六夜月的詛咒。」

阿蕗睜大雙眼，一時說不出話。

「十六夜月是小原屋的敵人。記住，只要有一絲月光照進室內，都會害老爺喪命。」

阿滿口中的「十六夜月」，像是某種不分清紅皀白便飛撲而來，將人吞噬的妖怪。

「明天入夜後，務必緊閉防雨窗，無論如何得避免月光透進屋裡，明白嗎？絕不能開窗。以我的身分，能住這麼好的房間，也是要守護防雨窗的緣故。」

在阿滿的近逼下，阿菈重重點頭，不過……

「為何會受這樣的詛咒呢？」

阿滿不是第一次向人告知此事，應該十分清楚，拋下一句「這不重要，聽我的吩咐就是」，一樣紙包不住火。她早有準備，於是長嘆一聲，娓娓道出始末。

「全怪第一代當家。」阿滿語帶怨恨，「為了振興小原屋，他殺過人。」

阿菈倒抽一口冷氣，殺人？

「很久以前，同樣是在這個月的十六夜。所幸事情沒外傳，很快就落幕。」

「對方吶喊著『我一定要報仇，絕不會忘記你的背叛。我會緊纏小原屋，總有一天要你嘗嘗這種痛苦』，直到斷氣。」

阿滿一頓，清清喉嚨。

阿菈想起在廁所看到的白皙手臂，原來那是糾纏小原屋的亡靈。

「對方還說，你不妨抬頭看看這十六夜月。皎潔的月亮上，會浮現一具骷髏，記住，那就是我詛咒的象徵。」

就在那渾圓的明月中。

「第一代當家一笑置之，還故意仰望十六夜月。」

阿滿豐腴的身軀直打顫。

「隔天，第一代當家陳屍床上。他腦袋靠著枕頭，雙目直盯天花板，緊緊抓住棉被。」

阿蕗連忙闔上眼，驀地想起消失在廁所裡的白皙胳臂。那隻手……

「因此，第二代、第三代，直到現任當家，都很小心提防。每逢十六夜，就躲進特地打造的地窖，並架上雙重防雨窗……」

表現得如此畏怯，看得出背後隱藏著深深的歉疚。阿蕗將來到嘴邊的疑問又吞回去。

第一代當家到底殺了誰？

「當然，歷代的夥計同樣戰戰兢兢。」阿滿繼續道：「我們也不例外，這樣清楚嗎？妳不會不關心老爺吧？」

阿滿移膝向前，臉孔湊近阿蕗。

阿蕗嚇得縮起身子，應聲「是」。那還用說嗎？就算沒特意叮囑，老爺要有個三長兩短，對靠店裡吃飯的她等於是晴天霹靂。

然而，承受著阿滿幾欲穿透人心的目光時，阿蕗突然想起某件事。

約莫一個月前的深夜，她口渴難耐，跑到廚房喝水。忽地背後響起腳步聲，回過身，老爺就站在她面前。

「我也喝一杯吧。」

阿蕗連忙要去取茶碗，老爺卻制止她，表示直接用勺子就行，還一飲而盡，喝得津津有味。

老爺身材矮小，但氣質出眾，頗有商家店主的派頭。阿蕗的父親見到，應該會稱讚「好個俊俏的老爺」。眼下，這位老爺竟來到廚房，像孩子般站著喝水。

他神情疲憊，也許是遇上什麼不愉快的情況，刻意離席吧。阿蕗不禁胡思亂想。

在阿蕗心目中，老爺和夫人如同雲端上的人。初次踏進店門時，阿蕗曾向他們問安，之後便沒打過照面，自然也未能貼身服侍他們。不過，近距離觀察老爺，她莫名有種感覺——老爺眞正憂心的，不光是店務。

不知爲何，老爺突然將勺子還給阿蕗，離開廚房。而後，就像換手般，阿滿馬上走進來。

「妳在幹麼？」

她狠狠訓了阿蕗一頓。阿蕗慌忙低頭行一禮，逃也似地離開。

恍若一陣風掠過心頭，當時的情景在阿蕗腦海中甦醒，阿滿嚴峻的眼神讓她耿耿於懷。

——妳不會不關心老爺吧？

「我一定會聽從您的訓戒。」

阿蕗應道，忽然很想從阿滿身邊逃離。

三

度過一個輾轉難眠的夜晚，阿蕗有種山雨欲來的感覺。

其他夥計也因精神緊繃，比平日更爲沉默。不，其實是滿滿一肚子話，但畏懼阿滿異常嚴厲的目光，不得不稍加收斂。

中午時，一名資深掌櫃問「今個是十六夜吧」，阿滿只冷冷回句「是啊」。對方一聽，便不敢再開口，食不下嚥地動筷，頻頻偷瞄阿滿的表情。

一切如常，今天沒什麼特別的意義。小原屋掛著招牌營業，個個都裝成沒事人。

夜幕降臨，夥計益發安靜。大夥遵照阿滿的指示，彷彿要建造堡壘般，逐一關妥防雨窗後，氣氛才稍稍緩和，接著只剩上床就寢。眾人都被趕進房內，阿蕗與阿里也並枕蓋上棉被。

然而，阿蕗始終無法入眠。和昨天一樣，今天也是晴朗無雲的好天氣，想必月色極美。打開防雨窗，月光肯定會像一把磨利的菜刀，直直射進屋內……

阿里似乎也是同樣心思，老是翻來覆去。但阿蕗一出聲，她卻回道「詛咒的事就算了，聊點別的吧」。於是，兩人天南地北閒話之際，阿蕗試探地問：

「阿里姊，我總覺得有點古怪。」

「什麼？」

「就是阿滿小姐與老爺……」

阿蕗猶豫著如何措辭，阿里馬上撂下一句「我不想談這件事」。

「快睡吧，累死了。」

不得已，阿蕗默默闔上眼。不久，她便進入夢鄉。

明明已關上防雨窗，不知為何，屋內仍處處透著月光。阿蕗、阿里和阿滿拚命張開雙臂阻擋，卻徒勞無功，月光一路闖進老爺的寢房。老爺拔腿就跑，最後還是被追上。月光倏地拉長身影，砍下老爺的腦袋。接著，月光拾起滾落的頭顱。仔細一瞧，那已不是月光，而是先前在廁所看到的白皙胳臂。那隻手抓住老爺的髮髻，拎走他的首級——

阿蕗在夢中驚聲尖叫。尖叫聲不絕於耳，非但沒停歇，甚至愈來愈大聲。那似乎不是她的嗓音，而是鐘聲，就像……就像……火警的鐘聲。

「阿蕗，快起來。失火了！」

阿蕗從床上彈起。阿里緊張地大喊：「聽那鐘聲！」

眞的是毫不間斷的急促敲鐘聲。起火處離此不遠，應近在咫尺。

阿蕗雙膝發軟，冷汗從頸項流經後背，又滑落大腿內側。啊，這一天終於到來。爹、娘，換我被帶走了。

「還不快逃！」

阿里迅速穿好衣服，取出放在壁櫥裡的隨身物品。阿蕗猛然回神。

「不行！」

阿蕗抱住阿里的膝蓋，試圖攔阻。阿里極力掙扎，想踢開她。

「妳在說什麼？再發呆會被活活燒死的。」

「要是開門，老爺會沒命。」

「這節骨眼上，誰還管得了老爺？」阿里口出惡言，唾沫橫飛，「他死了，一切就能結束。這樣還算走運的！」

阿里甩阿蕗一巴掌，跨過倒地的阿蕗，衝向走廊。阿蕗掙扎著起身，追上阿里。

昏暗的走廊上，腳步聲與尖叫聲此起彼落。

人人都想逃離。

火警鐘愈敲愈急。阿蕗的惡夢重現眼前，爹那灼燒潰爛的臉孔，娘那連肉帶骨都燒傷的胳膊，弟弟那血色盡失的面容，那些泥巴，那股臭味……

如今，大火正直逼我這唯一的倖存者。

近處響起女子的哀號，似乎有人在爭吵。下一瞬間，阿里的身軀撞上她，連累她一起撞向牆壁。接著，傳來一聲咆哮。

「休想離開，我絕不會讓妳打開防雨門！」

阿滿踹飛阿里後，張開雙臂擋住去路，憤怒得面目猙獰。

「可惡，休想攔我。」

阿里掙扎著站起。倏地，阿滿身後發出巨響，周遭一亮。只見一片鮮紅的火光。

「有人跑到外頭了！」

阿滿的反應比阿里快，呼喊著衝過去。

紛沓的足音、悲鳴、濃煙，與焦臭的風。

阿蕗的心終於崩潰。

她在走廊上狂奔。只見兩、三片遭拆除的防雨窗，掉在庭院前。

烈焰肆虐，直撲上庭院另一頭的圍牆。火星刺痛阿蕗的臉頰。

奔至庭院的小原屋夥計，個個呆立原地。任憑熾焰熏天，風聲呼號，卻沒人在意。

他們全望著老爺，不，是老爺的背影。

老爺站在庭院中央，抬頭注視明月。他一身短外罩與裙褲，腳下套著白布襪及木屐，穿戴齊整。火警鐘愈敲愈急，他卻充耳未聞。

老爺仰望十六夜的明月。皎潔的圓月未受一絲雲影遮蔽，就像阿蕗在廁所瞥見的那隻手，白淨耀眼。

老爺緩緩轉身。

眾人一陣靜默。

「這麼一來，我就會死去。」

老爺全身沐浴在月光下，開口道。

「抬頭注視十六夜的明月，我的壽命便到此爲止。縱使活著，也只是讓小原屋走上毀滅之路。不如自我了結，解除小原屋的詛咒，這樣對大家都好。」

你們說是吧？老爺面向眾人。

眾人與老爺互望。火焰熾盛，燒灼著黑暗。陣陣熱風襲來，教人無法睜眼。黑夜彷彿在燃燒。

驀地，屋裡迸出女子的哭喊聲。不必回頭，也知道那是阿滿。

「老爺，我也……」

話尾被熊熊烈焰吞噬，聽不真切。

咦，夫人呢？阿蕗猛然驚覺，左右張望。於是，在恣意延燒、猶如張牙舞爪的生物四處亂竄的火焰中，看見那幕景象。

火光在小原屋眾人的臉上形成暗影，忽明忽滅。那是火焰與黑暗描繪出的模樣和形體。

小原屋眾人的臉孔，每張看起來都像骷髏。包括阿里、阿滿、掌櫃、童僕，毫無例外。老爺站在成群的骷髏前，緩緩頷首。他一個個向骷髏點頭，身軀兩側的胳膊、露出短外罩衣袖的手，在鮮紅火光的映照下，白得發光。

阿蕗宛如突然開眼，恍然大悟。

十六夜月對小原屋的詛咒。在十六夜月下，遭第一代當家殺害的怨恨。

我絕不會忘記你的背叛，總有一天要你嘗嘗這種痛苦。

應該沒錯。小原屋第一代店主，犯下弒主之罪。

驀地，有人大叫一聲，倉皇逃離，眾人跟著亂成一團。大夥尖叫連連，爭先恐後穿過庭院，往屋外奔逃。

阿蕗呆立原地。只見老爺面帶微笑，火星隨風四散。

他仰望的皎潔明月升至中天，嘲笑著眼下的一切。

帶進墳墓

踩在腳下的枯葉，就像先行討論起待會兒要談的祕密般，發出窸窣聲響。右手邊的圍牆另一頭是紀伊守的宅邸，林立在庭園裡的高大銀杏樹，枯葉不停飄落。地上滿是銀杏，也許是被人踩碎，有股獨特的青草味撲鼻而來。

眼下正值銀杏成熟的時節。雖然爹很討厭落葉樹，說花木的景致會大打折扣，但他十分喜歡銀杏。今晚就炒銀杏讓他當下酒菜吧，阿雪思忖著，停下腳步。

藤太郎早已坐在約定的甜酒攤長椅上。他面向小名木川，望著船首濺起的白色碎浪發呆。

阿雪挨著他坐下後，他微笑道：

「爹還是老樣子吧？」

「嗯，每天都在修剪庭園的花草。」

「是嘛。姊姊過得怎樣？」

「她很好。」

想必是從阿雪急促的語氣中察覺到什麼，藤太郎倏地沉默。阿雪看準攤販老闆放下甜酒、離開長椅旁的時候，開口道：

「哥，我見到媽了。」

藤太郎不禁睜大眼。阿雪是單眼皮，哥哥卻有一對漂亮的雙眼皮。

不說「爹、娘」，而說「爸、媽」，代表何種暗號，藤太郎相當清楚。

「阿雪，這是幾時的事？」藤太郎問。

「前天。」阿雪握住盛著溫熱甜酒的茶碗應道：「我外出替爹辦事時，瞧見她站在斜對面的香菸店前。」

藤太郎雙手放於膝上，縮肩弓背。

「那就不是碰巧嘍？」

「嗯。」阿雪頷首，「她說一直在等我出門。」

藤太郎像被針戳中般，渾身一震。

「妳跟她講過話？」

「是啊，沒辦法。」

「怎麼不早點告訴我？」

聽出哥哥語帶責備，阿雪胸口一疼，忍不住反駁：

「可是，我又不能隨便通知你。」

「話是沒錯……」

「況且，我也不曉得該怎麼辦，只好推託沒時間多聊。於是，她約我『明天一起吃頓飯吧』，說是永代寺的門前町有家店，中午販售的便當非常美味。」

藤太郎蹙起眉，「妳去了嗎？」

「沒去。當時我回她，午飯會和爹一塊吃。」

「不必這麼激動。換成是我，一定也會方寸大亂。」

藤太郎伸手搭在阿雪的衣袖上。

阿雪吸著鼻涕，拭去眼角的淚水。

「昨天，我又遇到她。」

阿雪每週都會前往大和町一名叫玄庵的大夫家，替父親取痛風藥。她母親把握機會，在龜久橋邊等她。

「於是，我們到附近的蕎麥麵店談了一下。」

「玄庵大夫的住處那一帶有認識的人吧，可有誰瞧見？」

「當時人潮擁擠，而且我很小心，應該不要緊。」

此外別無他法了，阿雪暗想。她不想聽媽的話，乖乖跟著走，也不想扯謊外出。這樣對市兵衛很不誠實。

事到如今，爲何又出現……

阿雪抬起頭，發現藤太郎仍望著小名木川，嘴角微動，似乎在低聲嘀咕。阿雪忍不住湊近，問他在說什麼。

「阿雪，妳記得媽的名字嗎？」

阿雪還記得，「叫阿春。」

「沒錯，我也記得，確實是阿春。」

打從十三歲到店裡當夥計，藤太郎的個性就是一板一眼，總自稱「在下」。即使是同阿雪與姊姊阿信交談，也堅持不改。起初阿雪和阿信覺得好笑，每次藤太郎休假返家，她倆便會躲在廚房，拉著彼此的衣袖笑彎腰。

此刻，哥哥卻以「我」自稱，阿雪不禁感到害怕。她覺得，這是哥哥想回到過去的證據。

藤太郎接著問：「妳一眼就認出她嗎？」

的確，瞥見香菸店前的那張白皙臉龐時，阿雪馬上認出是誰，毫不猶疑，她自己也十分驚訝。

藤太郎瞇著眼望著阿雪，「妳當時年紀小，我以爲妳不記得媽的長相。」

「畢竟是媽啊。」

兄妹倆一陣沉默。甜酒已涼，攤販老闆坐在小攤另一側，倚著紀伊守宅邸的圍牆打盹。小名木川上的船隻行色匆忙，徐徐吹來的河風略帶木材香氣。

「媽說些什麼？」藤太郎低語。

「還用問嗎？」阿雪回答，「當然是想來接我們。」

儘管全盤托出，阿雪的心情並未變得輕鬆。明明已將重擔分一半給哥哥，反倒覺得益發沉重。

「媽目前在小網町幫人梳頭。」阿雪繼續道。

「梳頭啊……」藤太郎輕喃。

「她一面哭，一面說——我一直沒再婚，生活還算自由。這一路吃過不少苦，如今生意忙碌，甚至需要多僱人手。雖然花了十五年，但終於能接你們同住，所以，我來履行承諾。」

不過，十五年的歲月實在太漫長，阿雪暗忖。望著潸然落淚的阿春，她頗爲鬱悶，連頭也不敢抬。眞是自作主張，我早就當妳拋棄我們了。內心這麼想，她卻講不出口。

哥哥又是怎麼想的……她偷覷藤太郎的神情，可是哥哥只坐著發呆。

「看樣子，得見上一面。」藤太郎咕噥。

阿雪望著腳下，僵硬地微微點頭。見藤太郎陷入沉默，阿雪戰戰兢兢地問：

「要告訴爹嗎？」

「還不是時候。」藤太郎答得很快。

接著，他伸手探尋阿雪藏在衣袖內的手，緊緊握住。

「還不是時候，阿雪。」

阿雪也回握哥哥的手。當初以棄兒的身分被市兵衛夫婦收養時，哥哥雖然只是個小孩，手掌卻十分粗糙，如今則相當光滑，差異竟如此大。

其中的差異，就是他在市兵衛店裡度過的十五年歲月。

「每天午時，媽似乎都會等在香菸店前。」阿雪繼續道：「聽到哥哥外出工作，她便跟我說，不如看哥哥方便，三人見個面。幾時好？」

藤太郎沉思片刻，開口：「就後天吧，千萬別告訴爹。」

約定後，兄妹倆互相告別。目送哥哥走過萬年橋，阿雪便折返原路。

在河風的徐徐吹拂下，枝椏上的枯黃樹葉片片飄零。啊，差點忘了，得趕緊去買銀杏。阿雪想著，淚水不禁滑落。

市兵衛店位於深川富川町。年一過，身爲管理人的市兵衛就滿六十五歲。妻子阿瀧與他同年，九月剛過世，享壽六十四歲。中風倒地後，她在病榻上躺了兩天，便像睡著般安詳地離開人世。向他們租店的商人及左鄰右舍都紛紛說著「不愧是阿瀧，來生一定好福氣」。

市兵衛與阿瀧結縭近四十年，始終膝下無子。從水天宮（註一）乃至所有想得到的神佛，他們都前往參拜，也嘗試過各種偏方，仍未能如願。

包括阿信、藤太郎、阿雪，都是沒血緣關係的養子。當年，輪到市兵衛值勤時，依「走失的孩子在父母來認領前，以及棄兒在找到養父母前，一律由町內差役照料」的慣例，收留這三個被帶往自身番（註二）的走失孩童和棄兒，之後更直接收爲養子。

長女阿信與父母走散，藤太郎與阿雪則是遭家人拋棄。當時五人組內的其他管理人也說，不知爲何，只有市兵衛輪值時，才會出現走失孩童或棄兒的棘手案件，十分不可思議。

註一：日本的知名神社，人們常祈求授子、安產。

註二：江戶時代，管理人的角色是代替地主或屋主管理房子或店家，除了照顧底下租屋的房客或店家外，還會依自治制度，五人一組，分月輪值，在名為「自身番」，類似現今警察局的單位裡坐鎮，討論並處理町內發生的大小事務。

然而，市兵衛夫婦總會回答「大概是神明看我們沒有兒女，特地送來的吧」。不少人認爲「來路不明的孩子，虧你們竟能像親生父母一樣養育」，一臉驚奇。而他倆也都笑著應道「因爲他們是神明的使者啊」。

韶光荏苒，三人轉眼長大。阿信二十二歲，出嫁後剛產下頭胎，是市兵衛夫婦的第一個孫子。二十一歲的藤太郎，受僱於西平野町的釀酒店「秋田屋」，如今已是堂堂的夥計總管。阿雪今年十八，之前在小石川的御家人家中以禮儀見習的名義工作，頗受重用，直到阿瀧病逝後才辭職。如今，他們已成爲市兵衛的心靈支柱，也成爲他的生活慰藉。

當晚，阿雪沒忘記買銀杏回家，以平鍋炒過，在晚餐時端上桌。市兵衛喜好園藝，今天雙手也沾滿泥土。現下正值銀杏結果的時期，於是他眉開眼笑，愉快地修剪起花木。

除了家人的飯菜，他們一定會另外準備供飯。這是阿瀧生前領養孩子時的習慣，用來供奉孩子不知身在何方的親生父母。自返家代替阿瀧掌理家務後，阿雪也依循舊習，但今晚光是準備供飯，便一陣心酸。

張羅好晚餐後，阿信背著勝太郎出現。她嫁給猿江橋對岸一家滷味店的老闆，夫妻合力經營生意，不時會帶三個月大的勝太郎回娘家玩。

只見阿信拎著別人送的羊羹。市兵衛特別鍾愛甜食。

「爹，今天又在忙園藝？」阿信關切道。

「看得出來？」

「你指甲縫滿是泥土，髒得教人吃驚呢。」

確實，市兵衛「愛護庭園」的程度有點過頭，不論颳風下雨都毫不懈怠。連爲阿瀧守靈和葬禮當天，他也利用空檔走下庭園東看西瞧。

不過，考量到市兵衛喪偶不久，這樣倒也不壞。

阿雪在廚房泡茶，客廳傳來市兵衛逗勝太郎玩的話聲。她不禁低著頭，泫然欲泣。

此時，阿信走到她身旁。

「咦，妳怎麼啦？」

姊姊眼尖，立刻察覺異樣。

阿雪默默把茶渣放進竹篩，彷彿一開口，淚水便會奪眶而出。

「妳最近怪怪的。」

阿信小心不讓客廳的市兵衛聽見，悄聲道。

「才沒有。」

「不，妳一臉憂愁。昨晚和前天也是，發生什麼事？」

阿雪緊咬雙唇，直到唇色發白，才長嘆一聲，向阿信坦言。

「我見到我媽。」

她與阿信之間，也用同樣的暗號。阿信倒抽一口氣。

「她來找妳？」

「她想接我同住。」

市兵衛和勝太郎在客廳玩躲貓貓。儘管勝太郎還不會笑出聲，但市兵衛連同他的分一起笑得無比開懷。

「傻丫頭，這有什麼好哭的。」

阿信摟著阿雪的肩膀，安慰道：

「娘剛過世，妳的生母就找來。坦白告訴爹吧，他不是常叮囑，要是你們的親生父母出現，一定要馬上通知他？所以，家裡才會一直準備供飯。」

市兵衛確實一向這麼耳提面命。「儘管告訴我，不用顧忌。」他還說過：「就算親生父母想帶回阿雪兄妹，但只要兩人沒意願，我們絕不會坐視不管。若希望維持和兩邊父母的關係，也未嘗不可。」

可是……

「我開不了口。」阿雪低喃。

「爲什麼？」

「我媽和爹見面，便會道出實情。得知眞相後，爹一定不肯原諒我和哥哥。」

阿信的目光轉爲嚴肅，「怎麼說？」

阿雪雙拳緊握，「其實，我們不是棄兒。」

由於顫抖得太厲害，說起話有氣無力，阿雪深吸口氣。

「我爸死後，一家生活陷入困境，媽無力扶養我們，便說——假裝是棄兒，找個地方讓人養育你們。總有一天，我會去接你們。」

阿雪側著臉，緊抓流理台外緣。

阿信斂起下巴，瞪大雙眸。阿雪偷覷她的反應，發現她嘴角微微顫動。想到不知會遭受怎樣的責備，阿雪不禁全身緊繃。

豈料，阿信竟噗哧一笑。阿雪詫異地回望，只聽她開口：

「眞是的，原來你們也一樣。」

深夜時分，確認市兵衛已熟睡，阿雪前往阿信家，在爐火已熄的寒冷滷味店頭前，與姊姊碰面。阿信的丈夫在二樓與勝太郎並枕而眠。

「這可不是什麼好笑的事。」

說完開場白，阿信娓娓道出身世。她的親生父母將六個孩子送到別人家幫傭，預支工資，或是賣掉換取金錢，整日喝得爛醉如泥，實在很不像樣。至於要阿信佯裝迷路，也不是第一次。他們十分清楚，走失孩童將由當地的管理人照料，便想出此一計謀。

「之前，我在許多地方當過走失孩童。」阿信繼續道：「管理人或地主會好心收留我。在對方家裡住上一年半載，摸清値錢物品放在何處，我偷了就走，然後回到父母身邊。」

排行老五的她，從小看慣父母拿哥哥和姊姊當搖錢樹的行徑，自覺這樣的遭遇根本不算什麼，至少比被賣到妓院強。

阿雪頓時無言。相較於佯裝走失孩童，讓別人家養育的手段惡劣許多。

「雖然明白這樣生活很糟，但幾次佯裝走失孩童，寄宿在別人家中，也沒好過多少，我便繼續配合下去。」阿信望著遠方，「當時，我認爲世間就是如此，一度心灰意冷。」

沒想到，市兵衛夫婦家與我的預期迥然不同。待在市兵衛夫婦家半個月後，爲了向親生父母通報，阿信悄悄離家出走……

「娘臉色大變，發狂似地四處找我。」

從未發生過這種情況，阿信簡直難以置信，開心不已。

「我不想離開爹娘，一點都不想回到親生父母身邊。所以我下定決心，再也沒回去過。」

「不要緊嗎？」阿雪問：「親生父母沒料到妳會這麼做，應該很生氣吧。他們沒四處找妳，或衝進來討人嗎？」

阿信欲言又止，目光游移。接著，她突然笑道：

「多虧我處理得好。我沒清楚告訴親生父母，在何處被人撿回家。只要我沒去找他們，他們便不曉得上哪尋我。」

阿信微微縮起身子。阿雪又問：

「關於這件事，妳有沒有跟爹娘……」

「我認爲不能告訴他們，打算保持沉默。」阿信應道：「直到有人上門提親時，我才坦白一切，因爲我想推掉那樁婚事。我身上流著親生父母邪惡的血，絕不能嫁人生子。」

「啊，所以妳……」

阿雪頷首。對方剛來提親時，阿信堅持拒絕。

「我心想，就算被掃地出門，也是罪有應得，便鼓起勇氣全盤托出。」

「爹娘怎麼說？」

阿信目光放緩，眼尾浮現柔和的線條。

「他們一再地說，開什麼玩笑，妳是我們的女兒，跟妳的過往一點關係也沒有。妳要嫁人，過幸福的日子，早日讓我們抱孫。」

阿信雙手緊握成拳。市兵衛夫婦當時的話猶如救命繩索，她至今仍緊抓著才能往前走。

「我認為已獲得他們的原諒。」阿信悄聲道：「於是決定出嫁，讓爹娘早日抱孫。我想盡己所能孝順他們，以報答養育之恩。」

阿信再次緊摟阿雪的肩膀。

「別猶豫了，告訴爹吧。不會有事的。」

阿雪默默回握姊姊的手。

阿信、藤太郎、阿雪三人，躺在不同的床上，靠著不同的枕頭，懷抱不同的心思，仰望昏暗的天花板。

藤太郎睜著眼，凝視黑暗。同寢室的夥計睡在他旁邊，正翻身說著夢話。

——媽來找我們了。

藤太郎在心中低語。

——根本和她當初講的不一樣。

十年前，藤太郎與阿雪成爲市兵衛夫婦的養子。之後經過五年，某個春天，他們的生母偷偷與藤太郎見面。

當時，她穿著全新的橫紋和服，臉上抹著濃妝，衣領處寬鬆，露出後頸。雖然藤太郎還是個孩子，仍看得出她過的是怎樣的生活。

她告訴藤太郎：有個男人在照顧媽媽，但他不曉得我有孩子。萬一知道此事，我可能會被拋棄。

你們過得幸福嗎？看起來還不錯。聽附近居民對市兵衛先生的評價，似乎是個好人。

藤太郎雙頰豐腴，長高不少，穿的也不是處處補丁的破衣。他的母親注意到這一點。

——媽媽安心多了。你們在人家家裡，要當乖孩子。你或許會認爲媽媽自私，但媽媽也想過自己的生活，沒辦法接你們同住……

你就當媽媽死了吧。語畢，她便轉身離去。

藤太郎沒向阿雪透露半個字。他太過心酸無奈，說不出口，打算等阿雪年歲稍長再坦言，便拖到今天。

媽媽來見我們了。間隔十年，因爲媽媽而蹉跎的十年歲月。

爲何又出現，未免太自私了吧？藤太郎咬牙切齒地想著。

見到她後，得講她幾句。十年前對我說的話，媽也告訴阿雪了嗎？她會不會坦承拋棄過我們？

還是會假裝忘記？

我重提此事會不會毫無意義，只突顯出我的殘酷？畢竟是要告知阿雪，妳曾被媽媽拋棄。

——或許該埋藏在我心底。

藤太郎輾轉難眠，不斷思忖著。

同樣的夜裡，阿雪也陷入沉思。市兵衛在隔壁房間熟睡。阿雪身上蓋的棉被，原本是阿瀧在用。阿瀧的氣味深深滲進棉被。

向爹坦白一切吧，然後一起去見媽——阿雪下定決心。她心中已有答案，多虧阿信的指點。

不過，說來眞不可思議，阿信竟然也有祕密。想必她一直背負著沉重的壓力。

——大姊其實跟我和哥哥一樣。

藏著無法明講的祕密。

——這麼一提……

阿雪凝望黑暗，腦海隱隱浮現阿瀧的臉龐。

當時阿雪才六歲，不知爲何，總會夢見媽媽而驚醒。每次發現阿雪在啜泣，阿瀧便會起身安慰她。

某天深夜，阿雪再度驚醒。她鑽出被窩，找尋阿瀧的身影。但阿瀧沒在床上，她獨坐在沒升火的客廳裡，將防雨窗打開一道細縫，凝望著庭園。

原來阿瀧在哭泣，還強忍著不發出聲。

阿雪大吃一驚，不敢隨意叫喚，逃也似地鑽回被窩。翌日，阿瀧仍一如往常地工作。

那到底是怎麼回事？阿雪至今仍百思不解，或許娘也有不能明言的苦衷吧。她沒向任何人透露，包括藤太郎和市兵衛。總覺得要是說了，便對不起阿瀧。如今阿瀧與世長辭，她已沒機會當面詢問那晚落淚的原因。

——這件事，我會永遠保持沉默。

這是娘的祕密。就像我、哥哥，還有姊姊，我們各自都懷抱著祕密，想必娘也有說不出口的心事……

阿信身旁的丈夫直打鼾，勝太郎則睡得香甜。

阿雪的事讓她頗爲震驚——原來我們三個孩子都另有隱情。藤太郎和阿雪一直努力隱瞞，想到兩人的心情，阿信便胸口一緊。阿雪是她疼愛的妹妹，而藤太郎是她引以爲傲的弟弟。

阿信閉上眼，回想與阿雪的對話。

——我撒了謊。

彼此坦白時，有件事她沒告訴阿雪。同樣地，她也沒告訴市兵衛夫婦，深鎖在心底。唯獨此事，她死也不會告訴任何人。

阿雪問得犀利。要是一直待在市兵衛家，阿信的親生父母不會找上門嗎？

應該會吧，放著不管的話。

那天晚上，也就是阿信二度回到親生父母身邊的那一晚。儘管年紀小，阿信卻認真思考過，怎樣才能繼續待在市兵衛夫婦身邊，以及擺脫拿她當搖錢樹的親生父母。但她想不出辦法，不知如何是好，只得先露個面，向親生父母解釋情況，多爭取一些時間。一旦回去，恐怕會被修理一頓，命她早點偷出值錢物品，不過只能咬牙忍耐。

親生父母住在向島十軒長屋（註）最深處的骯髒小屋，很不受附近住戶歡迎。阿信趁夜悄悄前往。

進門一看，父母喝得爛醉如泥，睡相十分難看。室內遍地狼藉，酒氣熏天。阿信在市兵衛店受到完善的照顧，已懂得正常生活的溫暖，如今在她眼裡，父母更顯膚淺低俗。

——我要是沒有這種父母就好了。

此時，她母親一個翻身，踢翻擺在腳邊的座燈。燈油流滿一地，火舌迅速竄升。

——彷彿也點燃我心中的火。

阿信凝望天花板，往事浮上心頭。

別叫醒他們不就得了，她腦海掠過這個念頭。火就快燒到媽媽的衣服，她仍沉睡不醒，渾然未覺。燈油流向爸爸頭上，他還是繼續打鼾。神明要我快逃，什麼都別管。

所以，阿信拔腿就跑。

父母從此沒再與她聯絡，恐怕已葬身火窟。但願如此，她至今仍這麼想。儘管這樣的自己很恐怖，她還是克制不住思緒。

絕不能告訴任何人。一旦說出口，鍾愛的一切便會瞬間崩毀。阿信一直默默祈禱，請別讓我道出這個祕密。

註：十戶同樣規格的房子組成的長屋。

今後我將盡其所能好好努力，爲別人貢獻一己之力。爲了市兵衛、藤太郎、阿雪，也爲了丈夫和勝太郎，只要能讓他們幸福，什麼事我都願意做。

因此，那晚發生的一切，請讓我一輩子藏在心中。

三人懷抱不同的心思，夜又更深了。

隔天——

市兵衛在緣廊上吞雲吐霧，看著阿雪偷偷摸摸地穿過大路，朝香菸店走去。

這幾天，總有一名陌生的中年女子愁眉深鎖地注視家門，市兵衛早已察覺。他心想，該不會是……

市兵衛望向佛堂裡阿瀧全新的牌位。阿瀧，似乎又有事要發生。阿信的事，我著實大吃一驚，這次會是什麼？

昨晚阿雪望著供飯時，流露悲戚的眼神。長久以來，他一直告訴孩子，那是爲了供養他們的親生父母，其實是在供養另一個人。這是市兵衛與阿瀧之間的祕密。

多年前，他們常爲膝下無子長吁短嘆。那天，阿瀧前往水天宮許願，卻一時著魔，得了失心瘋，趁著一對來參拜的夫妻不注意，偷偷抱走嬰兒。

市兵衛驚詫不已。但阿瀧哭著央求「至少一天也好」，市兵衛拗不過她，也覺得她可憐，便把孩子留在身邊，一天拖過一天。

然而，要哺育私藏的嬰兒，並不容易。他讓阿瀧與嬰兒移居別處，做了各種安排，但百般爲難之下，終於導致惡果。孩子日漸虛弱，等不及兩人下定決心請大夫，很快便夭折。

市兵衛偷偷運回嬰兒的遺骸，埋葬在庭園，並種上許多花木。

之後，阿瀧不再是從前的她，常暗暗落淚，自責地朝天空道歉。不管市兵衛如何安慰，她仍無法原諒自己的所作所爲，甚至想上吊自盡。

於是，市兵衛向阿瀧提議：妳看怎麼樣？今後在我當值時尋獲的失失孩童，無論是什麼背景，我們不妨一律收養，悉心撫育。就當是代替因我們早夭的小嬰兒。

這是他倆一輩子的祕密。

市兵衛十分用心維護庭園，讓四季都能開花，也不准孩子隨意踐踏。當然，供飯未曾一日間斷。

最後，阿瀧將祕密帶進墳墓。

今天，阿雪仍獨自從大路對面返回。

市兵衛捻熄香菸，步下庭園。今年秋天，開滿了桔梗花。

陰謀

深川永吉町的丸源長屋，有件值得向世人誇耀的事。那就是從長屋建造至今，十年之間未曾遭遇火災，連個小火警也沒發生過。

在江戶住上十年，就算沒被火星波及燒傷，也會碰上附近的大小火災三、四回。一次都沒發生過，早超出稀奇的範疇，根本是獲得神明庇佑。因此，今年五十六歲，擁有老伴、遲遲未出嫁的獨生女及痛風的雙腳，每半年一次靠堆肥賺取的外快入帳時，便會買一條虎屋特製的羊羹，配上珍藏的特等好茶「玉露」細細品嘗，自視爲人生唯一樂趣的丸源長屋管理人黑兵衛，相當引以爲傲。

不，或許該說，他過去一直引以爲傲。

一個初冬的清晨，人們互相寒暄「降下初霜了，今年似乎一樣很冷」之際，丸源長屋的一名住戶造訪鄰家。一打開紙門，便發現四張半榻榻米大的房中央，黑兵衛像窩在被爐裡的貓，蜷縮身子，已氣絕多時。

「什麼嘛，原來是管理人。」

松吉搭著入口的紙門，朗聲問候黑兵衛。和平時一樣的打扮，那張臉確實是管理人。

「你在那裡幹麼？」

黑兵衛沒答話，圓睜雙眼，緊揪著胸前的衣服。

松吉環視四周。通往狹小土間裡設有小爐灶的廚房，台階多處斑駁。屋內一隅擺著書桌，一旁有個看書架。另一側角落擺著折疊整齊的棉被。

「你是管理人吧？」

松吉又提高音量，依然毫無回應。見黑兵衛一動也不動，松吉不禁感到納悶，便暫且離開。

「喂，阿勝、阿勝！」他叫喚著妻子，退回隔壁的自家。

「怎麼？」

阿勝探出頭。她年過三十，長相略嫌剛硬，但圓眼帶著柔媚，肌膚白嫩細緻。

「欸，阿勝，管理人在呢。」

阿勝一聽，蹙起大臉上的眉。

「當然在啊，就算你向菩薩祈禱，他也不會消失。」

「可是，他在裡面……」松吉指著剛走出的那扇紙門，「這是管理人的家嗎？」

「你睡昏了不成，那是老師的家。」

「可是，管理人在裡頭。」

「那又怎樣？大概是一早就去向老師收店租吧。」

「沒看到老師，只有管理人在。」

阿勝頻頻眨眼。

「那老師在哪裡？」

阿勝一問，松吉認眞地思忖片刻後，才恍然大悟。於是，他露齒笑道：

「原來如此。既然管理人在老師家，那麼，老師就會在管理人家。」

「等等、等等。」

松吉是名園藝師傅，在扇町的辰三老闆底下工作。老闆常說，松吉能與草木交談，將草木修剪成他們想要的模樣，表現相當出色。但阿勝認爲，松吉雖能與草木交談，與人溝通卻有點困難。

阿勝急忙靠近松吉，緊抓住他的手肘，慢慢伸長脖子，從半開的紙門縫隙往內窺探。

「老師，您在家嗎？」

「老師」是通稱，他的本名爲香山又右衛門。雖只是一名浪人，卻是丸源長屋內獨一無二的武士。讀書寫字不用提，連算術也很拿手，時常教導阿勝的孩子及住在長屋的其他孩童。所以，大夥都尊稱他「老師」。

由於孩子頗受香山照顧，阿勝常與老師聊天。丸源長屋的太太中，就屬她和老師最爲熟稔。不過，她仍不太清楚老師的來歷。

老師應該長阿勝十歲左右，年約四旬，武士的年紀一向不易推算。他沒家人，也不見誰上門拜訪。外表看不出失去奉祿而感到羞愧，他也坦承，比起當貧窮的御家人，現下雖然一樣窮，卻輕鬆自在許多。大夥建議他開私塾，他卻笑著嫌麻煩，寧願替人修傘或當代書，打零工餬口。

「老師，我是阿勝。」

她一再叫喚，但都沒得到回應。

「你站在這裡別動。」

阿勝對松吉命令道。接著，她緩緩跨進門檻。

確實如松吉所言，老師不見蹤影，管理人卻兩眼翻白，身體扭曲，倒臥在屋子中央。

怎麼看，他都已斷氣。

不過，還是謹慎一點比較好。阿勝屏息斂氣，躡手躡腳走近管理人（她也不明白爲何要這麼做），喚道：

「管理人，你在幹麼？」

直盯天花板的黑兵衛霍然起身，笑著說「原來是阿勝，哎呀，我竟然不小心打起瞌睡」的情形，並未發生。

阿勝伸出右手食指，戳戳管理人的肩膀。

「管理人？」

黑兵衛沒動靜，只有素雅的橫紋和服傳來絲稠的觸感（其實不過是指尖的觸感）。這是黑衣衛常穿的一套衣服。

的確是管理人。阿勝佇立原地，深吸口氣，再吐出。

——究竟是怎麼回事？

阿勝一顆心怦怦跳。這與送滷菜給老師、拿來老師委託縫補的衣物，或和老師聊天時，那種愉悅的心情迥然不同。

老師不在家，管理人卻倒在他屋內，且死狀非比尋常。

阿勝昨天剛見過管理人，倒不如說，每天都會與他碰面。因爲管理人租的房子，就在不遠處的大路旁，他天天都來察看水井是否髒汙、茅房是否保持清潔、有無住戶趁夜跑路等情況。一遇上，他總是嘮叨個沒完，說話毫不客氣。至於他的身體，更是硬朗得教人眼紅，根本沒生過病。這樣的管理人豈會突然暴斃，還是這種死狀？

那副神情恍如緊抱著陽間碼頭的柱子，直嚷「就算死，我也不要過三途川（註）到地府」，卻被硬生生扯開。

八成是老師殺了管理人吧。

可是，老師有什麼動機？莫非是爲了店租？老師似乎積欠不少……但管理人對老師特別禮遇，不會像跟我催繳時那般惡言相向。就連打招呼，也是管理人主動……況且，管理人雖常說「浪人貧困落魄，空有高傲的自尊，只會惹來麻煩，所以我受命管理的長屋，不會讓浪人進居」，卻唯獨讓老師長住。可見他一定很信任老師，老師應該不至於……

沒錯，不管怎麼想，老師都不可能加害管理人。阿勝使勁搖頭。

然而，這樣下去，等管理人的屍體被發現後，老師仍會遭到懷疑，不是嗎？話說回來，大清早的，老師到底上哪鬼混？

阿勝不悅地暗忖，忽然察覺昨天都沒看見老師。由於忙著搓紙繩的副業，她無暇注意此事。

那前天老師在家嗎？更之前呢？上次遇到老師是何時？

一旦陷入思索，腦袋便如陀螺般轉個不停。阿勝按住兩鬢，想停下轉動的陀螺。

這件事我應付不來，得找人處理。不過，該告訴誰？除了老師，丸源長屋裡共有六戶人家。分別是松吉和她，及他們對面的竹籠工匠余助夫婦，然後是住第一間屋子，獨自從事鐵器修理的源次郎爺爺，及他對面的烙印工匠嘉介夫婦。還有長屋深處，外邊掛著新內節師傅的看板，卻完全不知靠什麼過活的退休藝伎阿駒。至於通風最差的茅房旁，則住著名叫染太郎的年輕人，是個落魄演員。通知誰較妥當？看到這種情況，任何人都會懷疑是老師下的手。

「阿勝，妳在幹麼？」

忽然有人出聲叫喚，阿勝一驚，嚇得足足跳離地面一尺高。她回過身，原來是余助從紙門探進頭。

阿勝一時說不出話，嘴巴開開闔闔。她笨拙地張開雙臂，想遮掩倒在地上的管理人，反而引人注意。余助詫異地走進土間。

「怎麼回事，這不是管理人嗎？」

註：日本傳說中，人世與地府之間隔著這條河，因為水流會根據生前的行為，分成緩慢、普通，和急速三種，故被稱為三途。

阿勝感到一陣虛脫。余助雖年輕，卻極爲沉著，且頭腦聰明，看來是瞞不住他了。

余助雙目圓睜，像在模仿管理人的死狀。

「他……他死了。」

「嗯，是啊。」阿勝無力地點頭，「我家那口子有事來找老師，竟撞見這幕景象。」

余助環視四周，「老師呢？」

「沒看到人影，好像外出了。」

「管理人怎會在這裡？」

阿勝不發一語地搖頭。接著，她突然想起似地問：「我家那口子呢？」

「在上茅房。我原要去小解，經過時他叫住我，說『松吉兄，老婆吩咐我待著別動，但我想去小解，代我在這裡站一下吧』。」

「這個辦事不牢的傢伙……」

話說到一半，松吉便探進門口，「阿勝，好了沒？」

虧你還有臉問，阿勝暗暗嘀咕著，吩附道：「你先回家，等會兒再去工作。明白嗎？」

松吉安分地應句「了解」，便返回家中。阿勝不禁嘆口氣。

余助眉頭緊蹙，一對小眼瞇得更細，宛如鏡餅（註）上的裂縫。

「管理人的死絕不單純。瞧他的表情，根本就像含恨而終。我昨天見他硬朗如昔，不可能是突然病逝。」

余助一定會懷疑老師——阿勝早有心理準備，仍低聲探詢他的看法。余助聞言，單手撫著面頰，彷彿要擦去什麼般，定睛望著阿勝。

「妳說的沒錯，這下麻煩了。」

接著，他拉上半開的紙門，悄聲道。

「到底會是誰幹的？」

阿勝胸口一悶，「這裡是老師家……」

「可是，老師不見人影。他昨天就不在了吧？大概是一直沒遇到他，管理人才頻頻來查看。雖然不知是今天一早，還是昨天深夜，但他肯定是擔心火燭之類的雞毛蒜皮小事。搞不好是窺望屋內時，不巧撞見歹徒。」

原來如此，不無道理。阿勝深吸口氣，緩緩吐出。那是放心的嘆息。

「唔，也能這麼推想啊。」

「不然，妳是怎麼想？」余助噗哧一笑，「該不會懷疑是老師幹的吧？」

註：日本過新年時，祭祀神明用的一種米飯做成的糕餅，很像年糕。

阿勝默默回望余助。

「拜託，哪可能是老師。就算老師怒火中燒，想殺害管理人，也不會用這種方式。管理人又瘦又老，不過，老師畢竟是武士，應當直接揮劍斬人。老師怎會不懂劍術？」

余助的話，確實有理。黑兵衛死得不安詳，但身上完好無傷，也沒流血。

「接下來呢？」余助低語，「總不能一直隱瞞吧。」

房客起爭執或死於非命時，迅速前往處理是管理人的工作。如今，管理人卻等著別人來善後。

「告訴長屋的每個人吧。」阿勝開口，「得觀察一下大夥的反應。」

余助皺起眉，「意思是，兇手或許在長屋裡？」

「嗯，不無可能。」

由於老師的重嫌釐清，阿勝得以輕鬆地思考，與生俱來的好頭腦不停運作。

「雖然不曉得原因，但約莫是誰被逼急了，才會殺害管理人。搞不好兇手已逃逸，首先應確認每個住戶是否都在家吧？」

所幸，除了老師，丸源長屋全員到齊。

他們讓孩子自行去玩，聚在老師家。由於土間狹窄，有一半的人站在屋外。

「管理人竟然死於非命，眞沒想到……」修理鐵器的源次郎爺爺眼眶泛淚，「南無阿彌陀佛，南無阿彌陀佛。」

嘉介夫婦一臉冷漠地站在源次郎爺爺身旁。令人意外的是新內節師傅阿駒，阿勝還來不及觀察，她那長期化濃妝而色澤黯淡的雙頰，已滑下兩行熱淚。

「他是個好人啊……」阿駒哽咽道。

阿勝感覺不太舒服。阿駒哭成這樣，背後八成大有文章。

余助的妻子阿品年紀尚輕，個性溫順。她躲在余助背後，心有所感地望著阿駒落淚。阿駒益發矯揉作態，一把鼻涕一把眼淚地說：

「管理人就像菩薩一樣善良，奴家今後該如何是好……」

「看妳這麼慌亂，想必受過他不少照顧吧？」

阿駒擤擤鼻涕，頷首道：「他很關心我，總會問我有沒有遇上困難，連店租也算我比較便宜。」

此話一出，阿勝、余助夫婦、喜介夫婦，個個瞪大眼睛。

「眞的嗎？」

「我才不會撒謊，管理人還送過我新衣呢。」

這個女人惦記著別人的恩情，可惜不懂看場合講話。

「那妳怎麼回禮？」嘉介的妻子阿藤語調平板地問。

「我什麼也沒做。」阿駒不理會對方的挑釁，高高抬起下巴，「只要面帶微笑，向他道聲謝就夠了。」

余助訝異地搖頭，阿藤則譏諷地撂下一句「醜八怪」。

「妳說什麼！」

「好啦，別吵架。」阿勝充當和事佬，「在死者面前，這樣不妥吧。」

「雖然妳的臉孔像鍋底般扁平，也不能亂鬧彆扭。」阿駒頑強地反擊，惹得阿藤怒氣勃發。嘉介抓住老婆的手，出聲勸阻。

「別這樣，阿藤。」

接著，他環視在場眾人。

「為何要大夥聚在這裡？是想確認我們之中，誰是殺害管理人的兇手嗎？」

余助聞言，略顯退縮。嘉介注視著他，繼續道：

「只要通報官府，便會展開各項調查。趁這個機會，我先把話說清楚。因為我倆最容易被懷疑。」

「嘉介先生，你……？」

「不，我不是兇手。不過阿勝，管理人的身上，留有我們和他起過衝突的證據。關於此事，我得向各位解釋一下。」

語畢，嘉介走向黑兵衛，捲起他右邊的袖子。只見黑兵衛的上臂，有個「𠂉」字的烙印。

「這是我留下的。」嘉介沉穩地述說：「約莫四年前，不是流行過一種久咳不停的感冒嗎？我也因染病臥床不起，而失去一名客戶。對方是下谷一家叫『桐𠂉』的大型木屐店。」

對烙印工匠來說，木桶店、木屐店，及製造餐盒的業者，都是極為重要的客戶。

「那是很大的損失，生活頓時陷入困境。我們夫妻從未遲繳店租，但不得已，只好去拜託這個人，希望能寬限一個月的店租。」嘉介朝黑兵衛努努下巴，「不料，他無情地拒絕，堅持不能遲繳，否則就得搬離，說是長屋的規矩。甚至，他不顧我和疲於照料我的妻子，還來到我們枕邊催促——喂，收拾行李，留下能賣錢的東西，我要拿去貼補店租。聽到這句話，我怒火中燒。」

站在阿勝身旁的余助，暗暗吞下一口唾沫。

嘉介臉上泛著冷笑，「他第二次上門時，為了讓他明白何謂人情義理，我抓起沒賣出的桐𠂉烙印，往他身上一壓。」

阿勝望向黑兵衛的上臂，確實留有烙印。

「不過，這樣我們氣就消了。」嘉介接著說：「待我痊癒後，立刻送上店租，之後便不曾遲繳，管理人也沒再上門發過半句牢騷。所以，我們並未記恨，也沒打算報復。要是官府的人問起，我們會如實交代烙印的事。屆時，請各位幫我講句公道話，證明我早已主動坦承。」

眾人像嘴裡塞滿難以下嚥的東西，靜默不語。然而，連這種時候也被屏除在「眾人」外的松吉，卻一副恍然大悟的模樣，發出驚人之語。

「什麼嘛，原來管理人是遭到殺害。既然如此，我曉得是誰下的毒手。」

松吉一臉得意洋洋，阿勝不禁直盯著他。一旁的余助則大爲震驚。

「你沒瘋吧？」

「當然，我知道是誰殺了管理人。」

「是誰？」

「還用說，是管理人的妻子啊。」

余助夫婦望著阿勝。嘉介夫婦則面帶淺笑，默然不語。現場只有落魄演員染太郎，穿著花紋華麗，但材質單薄的衣服不住顫抖，一與阿勝眼神交會，他便急忙低下頭。

「約莫半個月前，」引起眾人的注意後，松吉開心地繼續解釋，「大川端有家叫『加門』的茶店，我去替他們修剪松樹時，看見管理人和一名女子走出。發現是我後，管理人叮囑『我老婆嫉妒心重，非常可怕，要是讓她知道就麻煩了，一定要替我保密』。」

阿駒傾身向前，「那女人長得可標緻？」

「沒我家阿勝漂亮。」

「就這麼點姿色，哼。」

阿勝沒和阿駒一般見識。她抓住松吉的手，注視丈夫開朗的小臉。

「你的話是真的？」

「當然。管理人十分慌張，不斷央求『我老婆得知後，一定會宰了我。松吉先生，千萬不能告訴別人』。」

接著，松吉突然一陣洩氣，難過得皺起臉。

「所以，我也沒對妳說，請妳原諒。」

「你呀……這件事就算了。」

「不過，管理人吝嗇的個性一點都沒變。」嘉介嘲諷道：「對方是松吉先生，能巧妙蒙混過去，所以連封口費都沒付，確實很像他的作風。」

「嘉介先生，勸你說話還是謹慎點。」余助平靜出聲。

「其實，他沒那麼壞。」眼泛淚光的源次郎爺爺也打破沉默，「收入少，付不起店租時，我常會請他代墊。」

「源次郎先生也是嗎？」阿駒瞪大眼，「哎呀，難道他也買衣服送你？」

「別插嘴。」余助制止她，「老爺子，真的嗎？」

源次郎一再用力點頭。

「他常說，老爺子你長年辛苦工作，也該享享清福。如果缺錢，就不必操心店租了。他真的對我很好。」

源次郎渾身顫抖，抬眼望向嘉介夫婦。

「或許你手藝不錯，待人處世卻過於剛硬。你從不親近管理人吧？這樣行不通。黑兵衛先生對求助於他的人，總是非常親切。」

嘉介骨瘦嶙峋的臉龐，登時一陣蒼白。阿藤也緊抿雙唇，低下頭。

「看來，其中有不少故事。」阿駒低喃，「每個人都很辛苦。」

阿品悄悄挨近阿勝，輕聲耳語，「別看阿駒大姊一派輕鬆，其實她三弦琴的技藝，還不足以餬口。」

「嗯，這我曉得。」阿勝應道。

「她不時會從事像流鶯般的工作，管理人十分擔心，所以才會算她便宜一點吧。」

阿勝眨著眼望向阿品。

「妳怎麼知道這些事？」

「聽管理人說的。我家就在長屋入口旁，管理人曾請我幫忙，瞧見阿駒大姊抱著草蓆出門，便通知他一聲。」

阿勝頗感訝異。直到昨天，管理人就只有一位。那是他活著的時候，豈料他一死，卻突然增加爲四、五人，且有著不同的面貌。

每個人都隱藏著祕密過生活嗎？所以，一旦離世，祕密攤在陽光下，生前的一切就像是場陰謀。

阿勝再度對上染太郎的視線。連稱爲花花公子，都還嫌姿色不佳、氣勢不足的這名年輕人，又逃避似地撇開臉，阿勝不禁心生疑竇。

「喂，你從剛剛就不太對勁。幹麼一直發抖？」

阿勝向前一步，正要抓住染太郎時，後方響起一道話聲。

「你們聚在這裡做什麼？」

原來是黑兵衛的女兒阿鈴。她身上纏著束衣帶，左手端著一個放有小鍋子的托盤，春風滿面地叫喚著染太郎。

「染太郎先生，你起來啦？」

染太郎身子一震，求助般地望著阿鈴，「鈴妹……」

「鈴妹？」余助不住端詳著兩人，「阿鈴小姐，妳跟他怎麼了嗎？」

今年二十六歲，婚事一直沒談成，已老大不小的阿鈴，像小姑娘似地紅著臉。

「我們就要成親了。」

「成親？」

「是的。」阿鈴喜孜孜地挨近染太郎，「我們一直暗中交往，這次我爹終於讓步。只要染太郎肯捨棄當演員的夢想，幫他的忙，努力工作，日後好成爲出色的管理人，爹就願意收他當女婿。」

「哎呀。」阿勝驚呼。

「這小子手腳眞快。」余助一愣。

「所以，現在我能光明正大地替他送早飯。欸，你們在幹麼？」

「對不起！」染太郎突然深深一鞠躬，「這種情況下，我再也不能默不作聲。」

他抱住阿鈴，哽咽地向這名錯愕的姑娘說：

「鈴妹，妳要堅強點，發生一件嚴重的事……」

「最後，我們請來大夫。」

那天傍晚，老師以阿勝煮的滷蘿蔔配飯，吃得津津有味。阿勝則坐在入口台階處望著他。

「勘驗的結果，沒任何異狀，證明不是他殺。」

「是生病嗎？」老師忙著夾菜，邊問道。

阿勝朗聲大笑，「沒錯，是心臟病。阿鈴小姐表示，早在幾天前，管理人便覺得心跳急促，呼吸困難。聽說，確實有這種病，一旦發作便會喪命。」

「竟有這種事……」

老師擱下筷子，阿勝迅速泡好茶，端至他面前。

「還眞是雷聲大，雨點小。」

「是啊。不過，我嚇一大跳，管理人並非像我認識的那樣。」

阿勝一臉正經，接著莞爾一笑，斜眼偷瞄老師。

「對了，老師，你這兩天不在家，究竟是上哪去？害我也不禁替你擔心。」

「只是出外晃晃。」老師搔著頭，「話說回來，阿勝煮的飯實在好吃，以後還請繼續關照。」

「淨會講好聽的。」

阿勝滿面春風地抱著飯桶回家。目送她離去後，香山又右衛門收起「老師」的臉孔，恢復本來的面目。倒也沒多大改變，只不過眼神益發犀利，已看不到先前的迷糊。

——黑兵衛潛入這裡啊。

早料到這名管理人大意不得，果然沒錯。哎呀，眞是好險。

又右衛門悠哉靠著手肘的和室桌，底下的榻榻米一掀開，便是一個小盒。盒內裝了幾本書，全是辛苦買來的西洋文獻，內容皆與兵法有關。數量雖少，卻都很珍貴，不愼讓官府的人發現，肯定會惹禍上身，必須嚴密保管。尤其是外出攜帶時，更需小心。

之所以挑選丸源長屋居住，也是這個緣故。十年來，連一丁點小火災也不曾發生的地方，最適合藏匿重要的書籍。

——雖然有個囉嗦的管理人。

黑兵衛心思敏銳，想必已察覺又右衛門私藏禁書。爲加以確認，他才趁又右衛門出門時一探虛實。偏偏潛入後一命嗚呼，算他運氣不佳。但多虧如此，幫了又右衛門大忙。因爲要是情況不對，他非斬殺黑兵衛不可。

——我可不會這麼輕易就死了。

又右衛門想著盒裡的書，露出微笑。驀地，他腦海浮現黑兵衛那張正經八百、不知變通的臉。

天平的取捨

那已是前年的事。

美代以續弦的身分嫁入大黑屋時，也分送紅白圓餅給德兵衛長屋的人們。阿吉無限落寞地凝望著象徵祝賀的圓餅，根本毫無胃口，索性擱置一旁。最後圓餅變硬發霉，只好偷偷丟進垃圾桶。有生以來，阿吉頭一次這麼糟蹋食物。

如今，美代回到德兵衛長屋，在管理人德兵衛家中悠哉地閒聊。她應該當成是返鄉探親吧，不過，搞不好是在大黑屋捅了什麼簍子。想到此處，阿吉不禁厭惡起自己。要是美代在大黑屋鬧笑話，被掃地出門，一定很有趣——這念頭一度掠過阿吉腦海，雖然感到羞愧，卻也是真心話。接著，阿吉憶起前年圓餅的事。打從美代嫁人後，我便一直在鬧彆扭……

德兵衛長屋位於深川淨心寺旁的山本町。美代出嫁時正值仲春，淨心寺院內櫻樹盛放，紛飛的櫻花雨落入長屋。在大黑屋喝了幾杯酒後，美代便回到長屋拜會眾人。淡紅花瓣也落在她那剛梳理整齊的髮髻，及包覆在全新禮服下的肩膀上。只見她泛紅的雙頰，恰與花瓣同樣顏色。

阿吉與長屋眾人並肩目送美代。大黑屋的大掌櫃在前頭帶路，管理人德兵衛跟在後方，一行人離開後，阿吉不自主地輕嘆一聲。

此時，一旁的阿陸太太開口：

「阿吉，覺得很寂寞吧？」

「畢竟是童年玩伴。」阿吉應道。

「美代今年幾歲？」

「二十二，比我小一歲。」

「妳們一起生活那麼久，感覺就像妹妹出嫁吧？管理人也說，心情彷彿在嫁女兒。誰教妳們是長屋的老面孔呢。」

阿吉和美代都在這座長屋出生，兩個獨生女從小一塊長大，情同姊妹。雙方的父親都是木匠，同在海邊木匠町的某大老闆底下工作，母親也相處和睦。兩家猶如一個大家庭，什麼都共享，遇事彼此商量，有難相互幫助。

德兵衛長屋歷史悠久，多次遭祝融之災而重建。地主有時會收購鄰近的土地，增建長屋。美代她們孩提居住的德兵衛長屋，原本只有面向大路的一棟雙層雙戶長屋，及一棟面向巷弄的長屋，規模很小。美代十歲那年冬天，長屋在深川大火中燒毀，之後改建爲兩棟雙戶長屋及兩棟巷弄長屋，變得氣派許多。美代和阿吉兩家人，總是互相勉勵，期許往後能住進日曬充足，且面向大路的雙層樓房，比鄰而居。屆時，我們就跨過二樓的欄杆，到彼此的家裡玩吧——阿吉與美代訂下天眞爛漫的約定，開心無比。

雙方的父母雖沒什麼過人之處，但工作都十分勤奮，儘管只能勉強餬口，卻不曾頹喪、埋怨或悲傷。因此，阿吉她們度過一段悠閒自在的童年時光。

不曉得是不是此一緣故，阿吉與美代從不吵架。嬌小虛弱、個性內向的美代，總是躲在阿吉背後，若不是阿吉牽著她的手，她一個人連糕餅店都不敢去。阿吉很關心美代，例如，到鄰居家幫忙，對方送她蒸地瓜當犒賞，她一定會四處尋找美代，兩人分著吃。少女美代替父母出外跑腿，歸途中遇到下雨，往往哭著回家，所以，「絕不能讓這個比我小的兒時玩伴擔心受怕」的念頭，成爲阿吉奉行不二的圭臬。

這種安貧樂道的生活，於阿吉十六歲、美代十五歲的那年秋天，一夕全毀。因爲二百一十日（註）的強風豪雨，許多運河的河堤損毀，深川一帶遭洪水侵襲。德兵衛長屋的托梁也被沖走，建築斜傾，居民紛紛爬上屋頂以躲避滾滾洪流。此時，爲了拯救一名

註：指陰曆立春後的第兩百一十天，約為每年的九月一日前後。據說這天常會有颱風。

來不及逃難的獨居老婆婆，阿吉的父親落水，行蹤不明。數天後，洪水消退，卻遲遲不見父親歸來，也遍尋不著遺體，阿吉忍不住問「爹死了嗎」，一向堅強的母親皺著臉，不滿地怨道「神明何在啊」。至今，阿吉仍清楚記得那一幕。

災難並未平息。洪水消退後，水害帶來的瘟疫流行。患者會頻頻上吐下瀉，無法進食，渾身癱軟無力，終致喪命，是十分難纏的疾病。德兵衛長屋內，不少住戶病倒，其中包括阿吉的母親、美代，及美代的父母。

當時，阿吉已是個大姑娘，她發狂似地拚命照顧他們。此病沒特效藥，就算有，也太過昂貴，負擔不起。唯一能做的，便是讓患者平靜地躺著，幫他們保暖，並餵食溫開水和米湯。或許是感受到阿吉的賣力，先是美代，接著是美代的父親，紛紛擺脫病魔，逐漸能自行起居。

然而，兩個母親卻不見好轉。尤其是阿吉的母親，自發病以來，幾乎未曾坐起，水也不喝，不是望著天花板發呆，便是昏睡不醒。醒來時，總是淚流滿面。約莫是好勝的脾氣使然，她不出聲，不說喪氣話，只淚濕枕畔。果然，失去丈夫的是很大的打擊，阿吉凄楚地想著。

不久，阿吉的母親便溘然長逝。她瘦得剩皮包骨，阿吉獨力便能抱起她。

直到那年入冬，吹起陣陣寒風後，德兵衛長屋才全部修整完畢，住戶得以重拾水害前的生活。當時，美代的母親已痊癒，孤苦伶仃的阿吉和美代一家同住。因水害而增建的德兵衛長屋最東側，一戶光線明亮、面向大路的雙層樓房，就是四人的新居所。

轉眼就是整整四年，雙親亡故的悲痛雖無法消散，但阿吉過著一如往昔的平靜生活。同住一個屋簷下，並未影響她和美代的姊妹情誼，連一點小口角也沒發生過，兩人的感情愈來愈好。在清洗或裁縫之際，阿吉不時停下手，悄悄闔眼，祈求上蒼讓這樣的日子永遠持續下去。然而，一邊祈求，心底總會浮現父親喪命時，母親憤怒的表情和陰沉的話語。

——神明何在？

沒錯，神明何在。即使神明就在附近，一定也沒看到阿吉他們。在全新的雙層樓房度過第四個新年後，美代的父親便跌落鷹架身亡。阿吉不禁想著，神明眼中根本沒有我們，甚至不在乎我們。

光靠三個女人工作賺錢，付不起雙層樓房的租金，阿吉她們被迫第三度遷居。在德兵衛長屋內輾轉搬遷的她們，深獲管理人德兵衛的同情，但憑他一人之力，也無法負擔她們的房租。他唯一能做的，只有安慰搬回巷弄長屋的阿吉和美代，「真是辛苦妳們了。」

未久，美代在這裡送母親走完人生最後一程。那油枯燈盡的死法，應該稱得上壽終正寢吧。阿吉代替只會嚶嚶哭泣的美代，張羅一場小型葬禮。這次，阿吉沒向神明祈求別讓無依無靠的她和美代遭逢更多悲傷，而是極力宣洩心中的怒火——神啊，要是再對我們降下災禍，我絕不會善罷甘休。

之後，阿吉與美代過起相依為命的生活。阿吉白天在町內一間叫「瓠屋」的烏龍麵店當跑堂，晚上在家幫人做衣裳或縫補衣物。美代則在德兵衛的安排下，每天到山本町南方，一間位於東平野町的木材行當女侍。原本，兩人都有機會當住店女侍，但若是到同一戶人家工作還另當別論，否則美代根本無法想像離開阿吉的情況，而阿吉也不願留美代孤伶伶一人，自己到外地工作。所以，這種形式最適合她倆，且收入也不錯。

兩人常互相傾訴彼此的夢想。總有一天，要合力開個小飯館，再住進面向大路的雙層樓房。屆時，室內陽光充足，絕不潮濕，也不會有茅房的臭味，還能聽見大路上傳來的熱鬧聲，爹娘想必會替我們高興。

日子漸趨平穩之際，突然有人上門向美代提親，當眞猶如晴天霹靂。對方詢問美代，願不願意嫁到富岡八幡宮門前町的高級餐館「大黑屋」當續弦。

美代回到德兵衛長屋的消息，來自德兵衛的孫子新次。他今年七歲，還長著嬰兒般的娃娃臉，假如不說話，會讓人覺得到昨天為止都包著尿布。不過，這孩子的言行舉止像個小大人，總是直呼阿吉的名字。

「阿吉，大黑屋的老闆娘來了。」

新次撥開瓠屋的門簾，走進店內。

以烏龍麵店來說，瓠屋算是小有規模。即使有店主夫婦、廚師庄太和阿吉張羅，仍常應付不過來。新次上門之際，恰逢中午生意最好的時刻，阿吉忙得滿頭大汗。

「你那什麼態度啊。」

站在煮麵鍋後方，同樣滿頭大汗，不停以竹篩瀝麵的庄太罵道：

「提醒過多少遍，你這小子就是學不會。竟敢直呼大人的名字，腦袋究竟怎麼想的。」

新次哼了一聲，「本大爺也不懂這些吃烏龍麵的傢伙在想些什麼。對煮烏龍麵的傢伙，更是無法理解。」

「你再說一遍。」

庄太握緊拳頭，打算走出廚房，阿吉卻是一笑。她很了解新次。

「庄太先生，我會狠狠訓他一頓，你就消消氣吧。小新，你這張嘴還眞不肯認輸。不過，你的肚子倒常認輸喊餓嘛。」

阿吉這番話，逗得各自吃著冷烏龍麵的客人哄堂大笑。事實上，每到櫻花盛開的季節，冷烏龍麵的銷路總會比清湯烏龍麵好，因爲吃起來更可口。

眾人明明在笑新次，他卻跟著嘿嘿傻笑，「肚子再餓，我也不吃烏龍麵。這玩意只有小孩和病人才吃。」

在座的大夥一聽，又是一陣笑。其中有人說：「沒錯，我是沒剩多少時日的病人。所以，庄太，再給我來碗冷烏龍麵吧。」

阿吉以眼神徵詢店主夫婦的同意，獲准後，便帶著新次步出門簾外。強勁的風吹起漫天飛塵，加上光線刺眼，阿吉不禁伸手遮著前額。她再度感覺到，春天已來臨。

「大黑屋的老闆娘來了。」新次重複一次，「爺爺跟我說，你通知阿吉，如果能抽出空，不妨見上一面，老闆娘很快就得回去。」

「她回來做什麼？」

「我哪知道。不過，她帶的伴手禮是清流堂的白雲母喔。」

這是神田一家糕餅店的招牌商品，價格當然貴得驚人。以亮晶晶的細緻冰砂糖碎片包覆軟綿綿的麻糬，故名白雲母。之前兩人同住時，美代在主人家中聽聞這糕餅的名氣，還看著購物導覽冊子確認店址。兩人曾閒聊著，眞想嘗嘗是何種滋味，並約好要努力存錢，日後一塊去買。

美代是買來送我嗎？阿吉備感落寞。美代不會記得她想吃的點心，更別提專程買來。如今雙方的差距，讓她無法由衷高興。

她又不禁嫌棄起這樣的自己。

「店裡忙，抽不出空。」阿吉告訴新次，「代我向她問候一聲。」

小大人新次的眉毛高高挑起。

「這樣就好？」

「嗯。」

「我會轉告她的。」新次背對阿吉邁出步伐前，留下一句話，「阿吉，妳得打起精神。」

阿吉噗哧一笑，「小新，你還眞是個小大人。」

於是，美代沒能在回去前與阿吉見面。沒看到美代，阿吉也就免卻了心頭的紛亂。

度過忙碌的傍晚，她便返回德兵衛長屋。

此時，小新又出現。這次是替德兵衛傳話。

「爺爺要妳吃完飯來一趟。」

「咦，我可沒積欠房租。」

「爺爺的表情很可怕。阿吉，妳是不是幹了什麼壞事？」

「如果我說『是』呢？」

「我會替妳保密的，所以我也要分一杯羹。」

「甭想。不過，你替我跑腿，我會請你吃自製醃梅子當獎勵。這是紅梅，要等竹筍皮上市再吃。」

柔軟的竹筍皮包紅梅，酸味會長留口中，算是一種小零嘴，也是小新的最愛。小時候，阿吉常做醃梅子。

——和美代一起。

思及此，她不禁露出苦笑。眞討厭，我不要再想起美代。她已和我生活在不同世界。

草草解決一人晚餐，阿吉將醃梅子裝進小壺，前往德兵衛家。那是一棟與面大路的雙戶長屋並立的雙層樓房，採木板屋頂，造型樸實，室內總是整理得一塵不染。

小新已被趕上床睡覺。德兵衛帶阿吉進客廳，吩咐家人暫時別來打擾後，與阿吉迎面而坐。阿吉心想，果眞如小新形容，德兵衛一臉嚴肅。

「今天，大黑屋的美代來訪。」德兵衛開門見山地說。阿吉從小便看慣德兵衛，他一直都是這張乾癟的臉，彷彿一出生就是個老頭。不過，他的嗓音渾厚，對長屋的住戶訓話時，特別清澈響亮。然而，德兵衛今晚卻收起自豪的大嗓門。

阿吉一陣心神不寧。不管德兵衛打算談什麼，都不像是輕鬆的話題。

「我聽小新提過。她過得可好？」

「嗯，她很好。」德兵衛低聲道：「事實上，她懷了身孕。」

阿吉瞪大雙眼。嫁人早晚會生子，且大黑屋店主與亡妻之間並無子嗣，所以，美代腹中的小孩將繼承家業。然而，明明是可喜可賀的消息，德兵衛的神色卻比黑夜陰暗，阿吉頗爲疑惑。

「這不很值得慶賀嗎？她專程上門和您分享喜訊？」

「才不是分享。」德兵衛微微噘起嘴，面帶慍容，「毋寧說，是找我商量。因爲在你們這些房客心目中，我雖是不易親近的老頭，卻值得倚賴。」

德兵衛此言不假。只是，美代有什麼事非找他商量不可？

不等阿吉詢問，德兵衛便搶先回答，「她肚裡的孩子，不是大黑屋老闆的。」

阿吉嘴巴張得老大，一時意會不過來。她不停眨眼，望著德兵衛那緊緊咬牙的嚴肅面孔。

「這是……什麼意思？」

半晌，阿吉低聲問。德兵衛冷笑道：

「還要解釋嗎？美代懷了其他男人的孩子。」

「這件事，大黑屋老闆……」

「他不知情，也沒發現美代已懷孕。」

「怎麼回事……到底是誰的孩子？」

儘管光開口便教人覺得噁心，偏偏又得問清楚。

德兵衛默默搖頭。

「她不肯告訴我。不過，我提到孩子的爹是否爲店內夥計時，她流露畏怯的眼神，應該八九不離十。從以前就這樣，只要被人說中，她便會哭喪著臉。」

阿吉頷首。德兵衛很了解美代，但阿吉對她了解更深。

「她和大黑屋的老闆，明明是兩情相悅才在一起的啊。」

「不過，並不是美代先有愛意。當時，她是個天眞的少女，只是被捲入其中，迷迷糊糊地做了決定。等見過世面，懂事之後，這次才是眞正的男女情愛。」

「所以，她找您討論該怎麼辦嗎？您給她哪些建議？」

德兵衛枯瘦的雙臂交抱胸前，移開目光。

「我告訴她，隨妳的心意走吧。假如想向丈夫招認一切，便坦白直說。要是想隱瞞，就保持沉默。只不過，最好和那名男子斷絕關係，否則遲早會露出馬腳，造成無法挽回的後果。」

「但對方若是店裡的人，恐怕很難斷得一乾二淨。大黑屋的老闆再疼愛美代，也不可能任她毫無理由地把對方趕走，這樣反倒教人起疑……況且，眞那麼做，對方必定不會默不吭聲。」

「難講。讓人知道他與主人的妻子私通，會被關進監牢的。」

「不過，萬一對方豁出去了，不曉得會幹出什麼事。」

「唔……」

德兵衛低頭閉上眼。

「美代覺得沒臉見妳，」德兵衛開口，「說著『阿吉好不容易才把我嫁出去，我實在愧對她』。至於讓新次去叫妳回來，是我的決定。我認爲妳在場比較好，美代相當慌張，甚至想趕緊離開。不過，最後妳還是沒出現。」

德兵衛語帶責備，阿吉微微聳肩。

「店裡眞的很忙。何況，美代不是不想告訴我？還有，怎麼會說是我把她嫁出去？未免太奇怪，我又不是她的親人。而且，我根本沒插手，嫁妝不都是大黑屋老闆張羅的？」

雖是續弦，但要迎娶一個來路不明的姑娘當大店家的老闆娘，並不容易。不論是店內夥計，或是大黑屋的親戚，全部極力反對。大黑屋老闆一一將他們擺平，堅持照自己的意思走，最主要的原因，是他對美代一見鍾情。

大黑屋老闆與美代之前侍候的木材行老闆，是多年的棋友。他出入木材行時，一眼看上美代。年齡上，他足足大美紀二十歲。

美代長得如花似玉。以前，她與阿吉前往淺草寺參拜時，曾拾獲一張隨風飛來的美人圖，畫的是頗有名氣的門前町茶店西施。阿吉也聽過這姑娘的名字，仔細端詳後，卻說「就這麼點姿色，妳比她漂亮多了」，美代只是靦腆一笑。

之後，有人上門提親，要娶美代當續弦時，阿吉心想，美代深深吸引大黑屋老闆的原因之一，固然是可愛的容貌，不過，她恐怕沒察覺自身夢幻纖弱的模樣也深具魅力。

娶美代爲妻前，大黑屋老闆遭遇許多難關。他不斷與周圍的反對者溝通，取得和解。該讓步的地方，他盡量讓步。當了十多年鰥夫的大黑屋老闆，突然提出娶年輕老婆的要求，導致站在不同立場的人們所有計畫和盤算瞬間破局。倘使大黑屋老闆一直沒續弦，也沒繼承人，他的身家財產或許會落入我手中——那些利慾薰心的親戚，以激烈的手段強硬反對。客觀來看，大黑屋老闆稱得上費盡苦心。

當時，關於婚事的洽談與籌備，阿吉一概沒插手，這是大黑屋方面開出的條件。對大黑屋的親戚而言，老闆的舉手投足都與他們有利害關係，所以，美代勢必得是個無依無靠的孤女。拖著一群靠她吃穿的親友，要大黑屋一肩扛下他們往後的生計，是絕不允許發生的情況。

實際上，美代已無任何有血緣關係的家人。阿吉並非親姊姊，而阿吉也不想沾美代的光，大黑屋根本毋需刻意叮囑。對方提醒阿吉，妳不是美代的親人，希望以後別再和美代有任何瓜葛，阿吉不禁怒火中燒，暗罵：這種事不用你說我也懂。

但美代又是如何看待此事？留下阿吉一人，自己嫁入豪門。阿吉無從得知。那時不明白美代的心思，現在同樣不清楚。

之前共同生活時，曾時而認眞，時而半開玩笑地談及，若是爭同一個男人該怎麼辦，還聊到一方先出嫁，留下的肯定很寂寞。兩人已屆適婚年齡，也有過淡淡的戀愛經驗，所以是很切身的問題。

這種情形下，阿吉總會說——美代會先嫁人吧，到時不必顧慮我。我們一塊開店的夢想，就算得花上數十年也無妨，只要能實現就好。不過，希望妳別住太遠。

但美代的表情認眞得教人擔憂。她像在發誓般說「我才不嫁人，我要永遠和阿吉在一起」。

「萬一妳有喜歡的人怎麼辦？」

「就算有，我也不要和他在一起。」

「爲什麼？這樣不是很可惜嗎？」

「和喜歡的人在一起，若他比我早走，就像我爹娘那樣，我會非常難過。」

美代噙著淚解釋。

「可是，阿吉不一樣。無論是火災、水害或傳染病，只有妳沒拋棄我，一直待在我身邊。妳最特別。神明不會從我身邊奪走的，就只有妳。只有妳會陪著我，哪裡都不去。所以，我要和阿吉在一起。」

阿吉深受震撼。她頓時明白，父母的死在美代心中留下難以塡平的巨大空洞。

於是，阿吉暗暗決定，她不要留下美代孤孤單單，獨自嫁人，要一輩子和美代相依爲命。因此，當大黑屋上門提親，美代一口答應時，阿吉有種被擺了一道的感覺。

不管是撒謊、講好聽話，或是做做樣子，要是美代能說一句「我沒辦法丟下阿吉，自己嫁進豪門」，至少不會因違背誓言遭天譴。要是她能這麼說，阿吉也能笑著回「傻瓜，怎能爲我放棄眼前的幸福」。然而，美代卻一個字都沒說，只顧著臉泛紅霞，熱中地描述大黑屋老闆多溫柔、多有內涵。她已被對方的情意擄獲，完全墜入愛河。熱戀男女之間容不下第三者，乃是理所當然，縱使對方是一同長大的朋友也一樣。

「不用我特別叮囑吧，阿吉。」德兵衛低語。

阿吉抬起頭，「您是指什麼？」

「別隨便告訴其他人，傳進大黑屋老闆耳中就麻煩了。」

阿吉不禁惱火，「不用提醒我也知道。」

德兵衛注視著阿吉，阿吉也回望年老的管理人。驀地，她發現還有一種名爲「告密」的手段。要是向大黑屋老闆透透口風，美代的幸福生活便會破滅。

德兵衛認爲，阿吉心底潛藏著此一念頭，很可能付諸實行。阿吉明白德兵衛的直覺沒錯，不，應該說她現下才明白這一點。她窺探內心深處，確實存在那樣的思緒。

「我不會那麼做的。」阿吉無力地應道。

阿吉陷入沉思。

她做了個夢。夢見自己與大黑屋老闆迎面而坐，滿頭大汗地說話。霎時，大黑屋老闆的臉，蒼白得猶如幽魂，阿吉朗聲大笑。猛然驚醒後，那低俗的笑聲仍纏繞在耳畔，實在教她作嘔。

櫻花盛開的季節到來，復又遠去。這段期間，阿吉不斷在思索。那天，從淨心寺飄進德兵衛長屋的櫻瓣，妝點在美代的秀髮上是多麼美麗，然而，在阿吉日常生活中，無數的花瓣只是每天早上必須清掃乾淨的骯髒垃圾。這個春天總讓人覺得陰沉昏暗，都怪一再出現的夢境，及夢中她低俗的笑聲。

對此，她感到深惡痛絕。

要不要和庄太成親，一塊經營烏龍麵店？很早以前便有人向她提議。

媒人當然是瓠屋的店主夫婦。庄太擁有一手好廚藝，且工作認眞。店主夫婦發現，他對阿吉頗有好感。

當事人阿吉更是老早便察覺。阿吉十分信任庄太的人品，和他在一起很快樂。但她不像美代嫁給大黑屋老闆那樣，沒有臉泛紅霞的悸動，所以遲遲無法決定。她認爲，要是沒有怦然心動的感覺，就這麼與人成親，肯定會後悔莫及。

可是，現在阿吉想強迫自己做出決定。她答覆店主夫婦，如果庄太沒意見，希望他能娶我爲妻。

「只不過，我有個請求。」

「什麼請求？」

「要是兩人開店，我想離開深川。我不願和瓠屋搶生意。」

店主夫婦笑著答應，庄太也表示贊同。他一臉靦腆，流露既開心又溫柔的神情，看得阿吉不禁紅了眼眶。

這對年輕夫婦，決定在山本町北邊的本所一目之橋附近開店。一切進展順利，阿吉每天都在忙碌中度過。美代的事就像從裂縫中溢出般，不時浮現腦海，但她總是甩甩頭，閉上眼，試著從心中揮除。

兩人出身貧寒，雖是婚姻大事，卻沒特別舉行婚禮。夫妻倆前去拜訪德兵衛時，他喜上眉梢，不僅準備了個大紅包，還特地爲阿吉做一件新衣。德兵衛平時相當吝嗇，阿吉驚訝不已。

由於月底就要搬離長屋，阿吉忙著打包行囊。此時，德兵衛突然上門。

「方便打擾一下嗎？」

在一盞燈也沒有的空蕩房間裡，阿吉與德兵衛迎面而坐。

「恭喜妳啊，庄太是個好男人。」

「他做事很勤奮。」

德兵衛緩緩點頭，望著阿吉。不同於之前那種刺探的眼神，目光十分柔和。

「即使沒和庄太成婚，妳也打算獨自離開這裡吧？」

阿吉眨眨眼，莞爾一笑，「這……該怎麼說……」

「罷了，是不是都不重要。不過，兩個人同行，總比一個人走來得強。因爲美代的緣故，讓妳想嫁給庄太，眞是可喜可賀。」

「管理人……」

德兵衛揮揮骨瘦嶙峋的手。

「沒關係。阿吉，我從沒想過妳會向大黑屋老闆告密。但我認爲，還是擺出懷疑妳的樣子比較好。所以，那時才會說出那種不該說的話，妳可別見怪。」

「我確實有過卑鄙的念頭。」阿吉坦言。

「但妳不是沒付諸實行嗎？不過，選擇離開深川，實在很像妳的作風。美代也說，妳一定會這麼做。」

阿吉一驚，挺直背脊。

「美代？」

德兵衛的神情轉爲嚴肅，「別誤會，美代不是要把妳趕出深川，才向我透露那個祕密。只是，美代提過，阿吉得知此事，一定會離開這片土地，她就是這樣的人。」

「意思是……我會猶豫該不該去告密，然後嫌棄起自己，最後索性遠離美代，前往另一個地方嗎？」

「沒錯。」

阿吉心底一陣翻騰。究竟美代在想些什麼？

德兵衛繼續道：「美代還說，我背叛了阿吉，只想到自己，沉醉在自己的事情中。因此，我一直很愧疚。就算阿吉向大黑屋老闆洩密，我也不會恨她，甚至會覺得終於償還欠她的恩情……」

德兵衛苦笑。

「她又笑著說，阿吉應該不會去告密，可能會離開深川。那樣也好，我實在不想讓阿吉瞧見我被趕出大黑屋的模樣。美代那丫頭，擺出一副有所覺悟的神情。」

「那麼，美代是專程走這一趟的？」

「很像美代的作風。那丫頭似乎常透過我家的新次，打聽長屋內的情況。妳也曉得，新次是個小大人，想必幫了她不少忙。」

既然如此，阿吉與庄太的婚事，美代或許已有耳聞。

「美代想以自己的方式，取得天平兩端的平衡。」德兵衛道。

「天平？」

「嗯。美代一向在上，而妳總是在下。不過，這也是無可奈何的。」

眞是個傻丫頭，德兵衛咕噥著。

「她到底是懷了誰的孩子？約莫是嫁過去後，發現大黑屋沒她的立足之地，但也不至於……」

「只要保持沉默，當成是大黑屋老闆的孩子，好好養大不就得了？」阿吉接過話，「沒問題的，我就是爲此才離開這裡。」

「誰曉得呢。」德兵衛應道：「未來不可預料，但阿吉，這件事已與妳無關。這樣就行了，美代也如此期望。」

阿吉垂眼望著自己的手。德兵衛的話沒錯，她已無法靠這雙手，去取得美代與自己人生天平的平衡。

「管理人，待我們開店後，請記得來捧場。」阿吉邀約。

「這是當然。」德兵衛答道。

語畢，兩人盡皆沉默，就像在豎耳凝聽不可能聽見的美代話聲，靜靜坐著。

砂村新田

兩人合撐一把油傘，沿著水渠而行，阿春被雨淋了一身。轉過街角，或與迎面走來的人擦身而過時，總會受到阿金大嬸的推擠，略微被擠出傘外。她心想，早知如此，眞該從家裡拿把傘，就算是破得見骨也好。

時值梅雨季，綿綿細雨始終沒有停歇的跡象。如實映照出灰色天空的渠面，及右手邊一路綿延的町屋木板屋頂、屋簷下的看板，都不斷有細雨落下。過於細小而無法逐一看清的雨滴，不知不覺竄入袖口和下襬，阿春的身體愈來愈冰冷。

猛然察覺時，已渾身濕透。這場討厭的雨，像極降臨家中的災厄，阿春不禁想著。虛歲十二的小腦袋裡，浮現這樣的比喻，感覺得出她內心頗爲成熟。儘管她因此有些得意，卻也牽動原本便低落的情緒。從今天起，我就要到別人家工作，從今天起我就得獨當一面。

「妳吃過早飯了嗎？」

阿金大嬸問。她停下腳步，讓一輛大貨車先走。兀自發呆的阿春急忙跟著停步，又一次跑出傘外。

「我吃過了。」阿春回答。

娘跟我說，今天是見雇主的日子，如果肚子餓得咕嚕咕嚕叫，未免太難堪。所以，她已先用水洗過向人要來的剩飯，讓我吃飽。那是很重要的剩飯，原本是要煮成米粥給爹、阿近和小源吃。因此，娘盛好飯端給我之前，我一直想拒絕，告訴她「不用了」，但一見米飯晶瑩的光澤，便不自主地動起筷子。

「雇主不供伙食，因爲妳只有白天去幫傭。聽說那座宅邸，夥計一天只吃兩餐。」阿金大嬸望著眼前的貨車，俐落地說明。貨車的車輪陷入泥濘，頻頻發出嘎吱聲，遲遲無法前進。以手巾纏頭的拉車夫，臉龐和雙肩汗如雨下，泛著黃褐光芒。

「我明白。」阿春也望著貨車應道。

這輛貨車到底載著什麼？上頭擺滿以稻草包覆，再用麻繩綑綁的方形物體，看起來頗爲沉重。不過，要是不拚命拖著走，拉車夫便拿不到工資，今天自然沒飯吃。娘說過，工作就是這麼回事，不論晴雨寒暑，都不能有半句怨言。

「喂，你走快點好不好。」

或許是有點焦急吧，阿金大嬸朝拉車夫喊道：

「我帶著孩子呢。杵在這種地方，會染上風寒的。」

頭上纏著手巾的拉車夫轉向我們，瞥了大嬸一眼，默默鼓足勁拖車。他心裡恐怕正嘀嘀咕咕：好一個囉嗦的大嬸。

貨車終於前進，讓出道路。阿金大嬸邁步向前，傘也跟著她走。阿春覺得麻煩，心想乾脆別和她一起撐傘。

此時，大嬸轉身催促。

「發什麼呆，這樣會淋濕的。別拖拖拉拉，女侍像牛一樣慢吞吞是幹不了活的，走快點。」

阿春奔近大嬸身邊，繼續走著，半邊身體淋得濕透。換成是娘，就算自己淋濕，也會替我撐傘——當她如此思忖時，不論再怎麼激勵自己「我要獨當一面了」，單獨面對世人的不安，仍逐漸滲入體內。

阿春一家住在深川海邊木匠町的長屋。這裡原本是一處堆石場，如今雖然已歸屬不同地主，人們仍習慣稱爲「石屋長屋」。父親角造由於雙親早亡，吃過不少苦。母親阿仲則在深川出生長大，原本就是窮人家的孩子。正因出身貧寒，兩人工作相當勤奮。

長阿春兩歲的哥哥忠太，去年春天住進小川町講武所附近的一家筆店當夥計。不過，阿春底下還有妹妹阿近和弟弟源太，且源太是個剛斷奶的小嬰兒。家中孩子多，開銷自然不小，生活一點都不輕鬆。然而，儘管只能勉強餬口，依舊過得很快樂。全家人朝氣蓬勃，父親也賣力工作。

角造是名屋頂修造工匠，入行約莫二十五年。他十歲左右便當人學徒，從頭接受指導和磨練。出師後，他有時會代替老闆指揮工人，手藝當然也頗受賞識。老闆常負責武家宅邸、寺院、大型店家的本瓦葺屋頂（註）修造工作，算是承包大工程的工匠，所以角造成為其左右手，收入自然不差。

然而，一年前，角造莫名其妙染上眼疾，視力模糊，看不清楚。

起初以為是普通的小眼疾。他眼睛既沒紅腫，也不會感到痛癢，只不過一早醒來總會長眼屎，且容易滲淚。阿仲和孩子們都以為沒什麼大不了，很快便會痊癒。

實際上，角造提起這件事不久，便說自己「痊癒了，沒事」。然而，這句「沒事」只是逞強之詞，為的是不讓妻小擔心，其實他視力模糊的情況日漸嚴重。直到仲夏時節，角造從鷹架跌落、摔斷腿，阿仲他們才知道眞相。

當時，角造沒說是視力模糊的緣故，謊稱是銅板屋反射陽光，一時目眩所引發的意外。不過，阿仲這屋頂修造工匠的妻子也不是白當的。她從角造的話語中嗅出謊言的氣味，於是找老闆商量，不露聲色地四處打聽，好不容易讓角造招認。事情講開後才曉得，角造的視力非但沒好轉，甚至每況愈下，離他超過一尺，他便分不出是鑿子或鐵鎚。

無論如何，治好腳傷前，角造無法工作。老闆也十分難過，在角造休養期間，仍付他津貼，並要他康復後再回來上工。不僅如此，還介紹他一名善於治療眼疾，風評不錯的大夫。經大夫診斷，角造的眼水渾濁，導致視力模糊。治療既困難，又耗時，但康復有望，所以大夫答應替他醫治。

全家聽了之後，頓時擱下心中懸宕的大石。況且，只要腳傷痊癒，就算無法爬上屋頂工作，至少能指揮工人。於是，角造專心養病，老闆也固定給他津貼。由於看大夫得花錢，生活更加拮据，但不至於感到不安。

然而，霉運就像慢慢淋濕身體的細雨，悄悄潛伏。入秋時，老闆突然病倒，似乎是輕微中風，沒立即的生命危險，卻需要長期調養。一向堅強的老闆，躺在病床上，仍繼續派遣手下辦事，並讓角造的師兄帶頭分配工作。當時，角造雖然眼疾未癒，但腳傷已治好，老闆便請他與師兄合力幫忙。

可惜主事者換人，一切也隨之改變，枉費老闆悉心關照。角造的師兄當上工頭後，逐漸重用親手培育的工匠，視角造爲眼中釘。走到這一步，個性剛強的角造也很堅持，不肯退讓，損失不少應得的工作和收入，生活益發困苦。「貧」這個字，陰氣沉沉地潛

註：平瓦與圓瓦交疊而成的屋頂。

進阿春家中，起先只是單腳踏上台階，接著是雙腳，然後登堂入室，最後索性坐下不走。

接下來，完全是被「貧」字追著打。那名師兄甚至對老闆給角造的津貼都有意見，說送錢給無法工作的工匠是一種壞榜樣，擅自刪除這筆津貼。儘管老闆勃然大怒，在病床上咆哮，無奈行動不便，沒辦法教訓他。而在這方面，角造又特別愛逞強，竟撂下豪語「既然如此，能再次爬上鷹架前，我一文不取」。於是，角造一家斷了生計。

之前阿仲都是在家裡兼差，現下也不得不外出工作。從黃昏到夜裡，是在大川端的一間小餐館當跑堂；早上到中午，則受僱於另一間在長屋附近的飯館。此外，向忠太工作的店家也預支不少薪資，以供角造的醫藥費之用。阿春代替母親打點家裡的一切，不時賣蜆貝、幫人跑腿、當臨時褓母，只要是能做的，絕不推辭。同情他們處境的老闆，不時會偷偷塞錢接濟，一家人勉強得以維生，實在教人感激。

但他們的霉運實在沒完沒了。

過年時，角造的老闆溘然長逝。儘管視力模糊，角造仍特地前去幫忙張羅葬禮，他的同門師兄卻坦白告訴他，「日後就算你眼疾痊癒，也不會請你來工作」。從此，角造一家失去可仰仗的人，以及心靈的支柱。

光靠阿仲的收入與忠太送回來的微薄生活費，無法養活一家子人。這是今年初春便明擺著的境況，但角造仍遲遲不願答應阿春去幫傭。他總是逞強地說，阿春像之前一樣，邊做家事，邊抽空幹點雜活就行，我不是那種靠孩子賺錢的父親，而且我的眼睛很快會復原。

然而，生活卻愈來愈拮据，無法再逞強下去。犧牲睡眠賣力幹活的阿仲，明顯憔悴許多。照顧角造及料理家務的責任，全重重壓在阿春肩上，但阿春小小的心靈仍不禁喊著「我也要工作，我想賺錢」。

就在這時候，對了，約莫是半個月前吧，和阿仲在同一間小餐館共事的阿金，提及她一名遠親是砂村新田的地主，正需要打雜的女侍。她還說，每天通勤也行，阿春或許能一面照顧角造先生、阿近和小源，一面工作賺錢。

不僅如此，阿金還談到一件阿春初次聽聞的事——娘好像借了不少錢。究竟是從哪借的？詳情阿春沒聽見，所以不太清楚，但肯定是用來維持生計。既然得知此事，即使父親以可怕的表情阻止，或自覺沒面子大吵大鬧，阿春都決定接受這項幫傭的提議。

此刻，在阿金大嬸的帶領下，阿春的臉和手腳淋著冰雨，一步步往砂村新田邁進。她極力說服自己，我之所以低頭，是覺得打在臉上的雨水太過冰冷，而不是因為悲傷。

於是，阿春開始在雇主家工作，主要是洗衣和打掃茅房。地主有很多家人和僕傭，還有剛出生的嬰兒，所以每天要洗的衣物，光是尿布已相當可觀。原來如此，若是爲了處理這些雜務，僱用一名通勤的女侍，確實省事又省錢。從踏進雇主家的那天起，阿春便被呼來喚去，忙得連喘息的機會都沒有。

不過，實際上工後，阿春益發覺得沒想像中可怕，畢竟家事她早已做慣。時值梅雨季節，阿春家裡會因找不到地方晾衣服而發愁，但地主家會找空房當晾衣間，這倒是輕鬆不少。

一早天還沒亮，阿春便得前往砂村新田，日落才返家。往來砂村的路程，對阿春的小腳一點都不輕鬆，她總是獨自行走，眞要說苦，這算是最辛苦的。不過，頂著昏沉沉的腦袋，疲憊地揉著痠痛的後背，邊踏在砂村新田的田間小路上時，阿春便會想著「我在工作，終於能賺到錢」，暗暗傻笑。

如阿金所言，地主家不供應伙食，但掌管廚房的年長女侍看阿春可憐，不時會給些蒸地瓜或丸子，幫了大忙。令阿春驚訝的是，短短半個月，阿金大嬸便上門兩次。地主是她的遠房親戚，出現在此不足爲奇，但每次她都會喚來阿春，詢問有沒有認眞工作，或哪裡不習慣。阿金大嬸約莫是擔心阿春表現不好，會讓她這個介紹人尷尬。不過，阿春有些改觀，認爲阿金大嬸還不壞。所謂的「世人」，說來還眞不可思議。

當梅雨季結束，夏陽漸盛時，阿春已愈來愈有女侍的樣子。現下不單洗衣，她偶爾也會受託代爲跑腿。她不像其他女侍會溜到別地方鬼混，仗著每天通勤鍛鍊出的強健雙腿，每趟出門總是很快返回，地主家十分倚重她。

跑腿的目的地，常是日本橋附近的藥材行。小嬰兒的母親，即地主家的媳婦，產後的恢復狀況不佳，始終臥床不起，阿春便是去領讓她服用的藥。因處方固定，且月底會由大掌櫃統一結帳，阿春只需領藥。不過，有時大掌櫃會給她一些跑腿費，她滿頭大汗地來回，辛苦也算值得。所以，阿春很期待他們請她代爲跑腿。一有人委託，她便馬上報到。

阿春就是在代人跑腿的途中，邂逅一名奇特的男子。

那天從早便酷熱難捱。豔陽高照，加上乾燥的路面熱氣蒸騰，阿春一陣頭暈目眩。奉命外出辦事時，她纏著束衣帶便匆匆踏出大門，於是途中她重新綁妥束衣帶，高高捲起袖子，露出胳臂。

抵達藥行，領了藥收進懷裡後，阿春隨即折返。她挑著爲數不多的陰涼處走，步調減慢不少，仍汗流浹背，喉嚨乾渴。阿春心想，等回到地主家的洗衣場，她要把井裡的水全部喝光。

進入深川，經過新高橋、扇橋，沿著小名木川走，來到當地人俗稱「八右衛門新田」的土地後，她耐不住酷熱，停步歇息。離砂村新田只剩一小段路，她走到路旁枯瘦的柿子樹下，取出手巾擦去臉和脖子上的汗水。某處傳來牛隻愛睏的哞叫聲，遍地是乾硬的馬糞。綠油油的新田間，零星可見幾道人影戴著反射陽光的斗笠。此刻，豔陽正懸在阿春頭頂正上方。

她將手巾浸到水田裡放涼，按著發燙的臉頰，舒服地吁口氣。忽然，她發現遠處有道人影靠近。烈日當頭，不見行人的路上，淡灰衣襬隨風飄蕩。

那似乎是名男子，正從阿春反方向走來。待對方行至近處，阿春才看出他穿著與衣服成對的短外罩。大熱天的，還如此盛裝，想必是某位地主家的訪客。

阿春以冰涼的手巾擦拭頸項時，男子一步步走過她面前，忽又在不遠處駐足。「怎麼回事？」阿春納悶地偷覷對方，看見男子竹皮屐上的白色夾腳繩。沒穿白布襪，裸露在外的踝骨，倏然映入眼簾。

竹皮屐的聲響匆匆遠離。阿春抬起頭，折妥手巾，用力一拍，估計回家前差不多就乾了吧。

此時，有個聲音喚道：

「妳是阿春嗎？是阿春對不對？」

阿春聞言，驚訝地望去。只見剛剛那名一襲灰衣的男子，停在兩、三公尺處，故作瀟灑般轉身面向阿春。

對上阿春的目光，男子露出笑臉。

「果然，眞的是阿春。」

阿春根本不認識對方。此人五官端正，但膚色蒼白，身材清瘦，猶如不小心闖進太陽底下的幽靈。他怎麼曉得我的名字？阿春心生怯意，一時無法言語。

「簡直跟妳娘長得一個樣，沒人告訴妳嗎？」

男子往阿春走近兩、三步，阿春終於恢復說話的能力。

「恕我冒昧，敢問閣下是？」

男子略微揚起下巴，眨眨眼，朗聲大笑。他按住前額，露出袖口的胳臂同樣枯瘦。

「不好意思，嚇到妳了吧？妳應該不認得我。」

「您是家母的朋友嗎？」

「是啊，我叫市太郎。」男子瞇起眼睛應道：「妳娘過得可好？」

「我娘……」

我娘名叫阿仲——阿春剛要這麼回答，男子竟毫不忌諱地湊近，她不由得往後退。

男子伸手指著阿春胸前，「那不是藥袋嗎？」

阿春胸前確實放著從藥行取來的藥。

「是誰身體不舒服？難道是妳娘？」

男子一本正經地注視著阿春，似乎很擔心。

阿春頓時有些語無倫次。

「這不是我家的藥。」

「是別人託妳拿的？」

「對。」阿春頷首。我在別人家幫傭——許多該說的話掠過腦海，來不及開口，男子便搶先道：

「哦，那就好。妳娘應當還健康。」

男子自顧自地點頭，望向水田，像是陽光炫目般瞇起眼，流露遙想過去的神情。

阿春手足無措。男子到底是誰？市太郎？沒聽娘提過這個名字啊。

還在忸怩不安時，阿春瞥見另一人繞過河岸道路走近。來者不是別人，正是阿金大嬸。阿金大嬸一眼認出站在柿子樹下的阿春，便停下腳步，感覺像疑惑著「妳在那裡幹麼」。她單手拿著橫紋包袱，因日照強烈而皺著眉。

這下，阿春更不知如何是好。想必男子也察覺她神色有異，猛然回神。

男子一抬眼，便注意到那個像在觀察什麼似的，頻頻打量他和阿春的阿金大嬸，不禁流露慌張的神色。

「那就這樣，好好照顧妳娘。拜託嘍，阿春。」

語畢，男子旋即轉身，逃也似地疾步離去。阿春張著嘴，呆立原地。男子迅速從阿金大嬸身旁走過。阿金大嬸眉頭緊蹙，目送男子遠離。待男子身影消失，她趕緊步向阿春。

「那是誰？」

阿金大嬸神情十分嚴肅，所以阿春不敢回答「他好像是家母的朋友」。她隱約覺得說實話不妥。

「不認識的人。」

「你們不是在交談嗎？」阿金大嬸質疑。

「他向我問路。」

阿金大嬸哼一聲，盯著男子消失的方向半晌。

「那就好，對方不是正經的男人。」

在阿春眼中，比起不正經，他更像是病人。

「雖然他的裝扮不俗……」

「像是個大爺呢。」

「說什麼傻話，他一定是流氓或游手好閒之輩。因爲他短外罩的衣繩綁成打鬥結。」

「打鬥結？」

「咦，妳不曉得嗎？」

阿金大嬸微微一笑，露出強健的白牙。

「那是流氓及小偷常用的一種衣繩綁法。一旦要與人動手，不必刻意解開，用力扯開短外罩，衣繩就會鬆脫。」

小偷之所以採取這種綁法，是考量到遭人追趕，被一把抓住衣領時，可輕鬆脫去短外罩。至於流氓，則是在耍狠時，說句「臭小子，到外面去」，單手一揮，便能俐落脫掉短外罩。

「下次我再教妳。學會怎樣分辨總是好的，絕不能跟綁打鬥結的男人扯上關係。對了，妳在這裡做什麼？」

「幫人跑腿。大嬸呢？」

阿金大嬸舉起包袱。

「我要送衣服去給妳，不過都是舊衣。夏天老穿同一件衣服，滿身黏汗，想必很難受吧？瞧，都冒出鹽巴了。」

大嬸指著阿春的衣領，皺起眉。

「妳正要回去吧？走快一點，站在這種地方會被烤焦的，得趕緊喝杯麥茶消火。」阿金大嬸邊走邊以衣袖搧風，阿春快步跟上。大嬸，那個綁著打鬥結，不太正經的男子，似乎是娘的朋友——這句話阿春始終說不出口。

那名令阿金大嬸皺眉的男子，究竟是娘的什麼朋友？思及此事，阿春腦海便浮現種種情境。阿金大嬸的性情雖然比想像中好，但實在不文雅。她不屑地說「不正經」的男子，卻親切地問娘「過得可好」，甚至知道我這女兒的名字，到底是怎樣的狀況？

阿春外出幫傭後，家裡的生活依舊清苦，只能勉強餬口。母親還是很賣力工作，儘管難掩疲態，但從未抱怨，實在令人佩服。

說到父親，當初阿春去幫傭時，他還狠狠發了一頓牢騷，大聲嚷著「像我這樣沒用的廢物，乾脆死掉算了」。但似乎有人（也許是管理人，或者大夫）好言相勸，他逐漸恢復冷靜。白天阿春不在的期間，他會照顧阿近與小源，也會摸索著幫忙做些家事。

據大夫所言，最近採用一種新處方，如果有效，父親的眼疾可望大幅改善。大夫一再勸他不能自暴自棄，他也認真聽進耳裡。

處在這樣的環境下，阿春很難輕鬆地問「娘，妳認不認識一個叫市太郎的人」。屆時，娘會是什麼表情？阿春十分害怕，畢竟對方是「不正經的人」。

像這種將短外罩的衣繩綁成打鬥結的男子，怎會和娘扯上關係？想到這點，阿春便不禁全身顫抖。娘應該是向地下錢莊借款吧，男子或許是那邊的人。之所以冒出一句「妳娘過得可好」，說不定是最厲害的討債方式。

搞不好他是娘工作的那家餐館的常客，打算追求娘。

（因爲他的表情，一點都沒有討厭娘的樣子。）

餐館裡有各式各樣的客人，可能有些男人的目標是女人。難道娘爲了錢，和這種男人發生關係？

愈深入思索，腦中愈是充斥邪惡的想像。然而，母親是如此賣力工作，省吃儉用，還不時展露笑容，鼓勵父親「你一定會好起來，再忍耐一陣子吧」，阿春根本問不出口。即使母親眞的有所隱瞞，阿春也無法質疑是否與市太郎有關。她絕不能做出令母親難過，或責備母親的事情。

只要沒發生讓人困擾的情況（希望不要發生），市太郎這名男子的事，就永遠埋在我記憶深處吧。阿春下定決心，懷抱著這個大石度過夏日，迎接秋天的到來。

「有錢人家果然不一樣，吝嗇得不得了。」

阿金大嬸氣呼呼道。

正值盛夏，那株旁觀市太郎喚住阿春的柿子樹已結滿紅豔果實。結在樹梢上的果實可見遭烏鴉啄食的痕跡，想必是香甜味美。

阿春與阿金大嬸離開砂村新田的地主家，並肩走回她位於海邊木匠町的家。阿春不必再去幫傭，因爲那個臥病在床的媳婦已康復，能分擔洗衣和打掃的雜務，暫時不缺人手。

阿金大嬸相當不滿。

「就算人手足夠，多一、兩個通勤侍女又不會遭天譴，實在小氣得緊。」

阿春低著頭，忍著不笑。儘管丟了差事挺傷腦筋，但再找就行。因爲我能工作，且已能獨當一面。

眞正奇怪的是，阿金大嬸之前似乎以介紹阿春來工作爲由，多方向地主家索錢。最後向雇主辭行時，老爺慰勞阿春「這陣子辛苦妳了」，還賞她一些津貼。阿金大嬸也在一旁與老爺周旋，聽著他們的談話，阿春才明白內情。

在地主家，因爲阿金大嬸算是親戚，她開口要錢，不能置之不理。況且，在缺人手時，她帶來一名適任的女侍，有恩在先，所以他們才耐著性子接受她的索求。但到最後一刻，難免會想狠狠抱怨幾句，於是，挨訓的阿金大嬸頗爲光火。

阿春心想，大嬸挺有趣的，有冷漠的一面，也有溫柔的另一面。雖然不時會帶舊衣和糕餅來看我，不過，畢竟用的都是地主家的錢。

「妳在他們家，總是被當成便宜的童工呼來喚去吧？」

看著阿金大嬸怒不可抑的模樣，阿春什麼也沒說，但嘴角仍忍不住微揚。

入秋後，阿春家裡傳出值得慶幸的消息。大夫的診斷果然沒錯，新藥發揮功效，父親的雙眼已有些微改善，說是感覺好多了。父親生性愛逞強，他的話當然不能盡信，可是依然很開心。只要眼疾痊癒，擁有好手藝的父親，不用擔心沒工作上門。

那天晚上，母親忙完工作回家，阿春提起阿金大嬸的事。父親和弟妹已入睡，所以阿春刻意壓低音量，但母親還是輕輕笑出聲。

「阿金並不壞。」

兩人喝著開水，一邊聊天。忽然，阿春聞到母親的頭髮似乎有線香的氣味。她問是怎麼回事，母親摸一下髮髻。

「哦，還聞得到氣味啊。」

「妳去弔喪嗎？」

「因爲趕不及，只有上香而已。我向店裡請了小假。」

「是誰過世？」

「妳應該不認識吧，是一個叫市太郎的人。」

阿春倒抽口氣。市太郎？

「是娘從小認識的朋友。」母親沒注意到阿春驚訝的表情，繼續道：「以前住長屋時，我們是鄰居。他是鐵器修造師傅的兒子，不過，年輕時走偏了路，沒繼承父親的衣缽。」

「當流氓嗎？」阿春終於開口。

「算是吧。」母親微微一笑，「不曉得他究竟從事哪一行，但一度混得不錯，因爲娘收過他送的髮梳和頭簪。他離家出走後，曾帶著娘和阿文……阿文阿姨，妳知道吧？」

「嗯。」現下她仍住在附近，是母親的兒時玩伴。

「市太郎常帶我們去玩，那時候眞的很快樂。」

母親瞇起眼，一臉懷念，「雖是流氓，他也有正經的一面。當初決定嫁人時，他曾對我說……」

——阿仲嫁的是個正經人，所以今後在路上遇見，我會裝成不認識。阿仲，妳也不能跟我打招呼喔。

「聽說他一直住在神田，不時會來深川。逢緣日（註）或慶典，我們偶爾會在路上巧遇。不過，他總是遵照約定，裝作不認識我。尤其是我和妳爹同行的時候。」

母親瞄一眼在屏風後頭熟睡的父親，像要傾吐祕密般湊近阿春。

「其實，娘以前很喜歡市太郎。」

阿春望著母親的側臉，甚至忘記附和。

「市太郎過世的事……」母親接著道：「是阿文阿姨今天傍晚告訴我的。於是，我們一起前往市太郎的老家。市太郎似乎特別吩咐過，不要告訴任何人他的死訊。他父親仍在經營鐵器修造的生意，多年後能再見面，眞是太好了。」

市太郎身體狀況不佳，今年春天回老家接受親人照顧。當時，大夫診斷他已無多少時日可活。

「好像是罹患肺病。」母親說：「年輕時生活放蕩，如今終於嘗到苦果。他恐怕早有覺悟，或許是出於懷念，常在童年遊玩的地方徘徊。」

阿春想起在砂村新田與她擦身而過，轉頭叫喚她的市太郎。他應該是特意折返。

——妳是阿春吧？

「娘，」阿春問：「市太郎先生知道我的名字嗎？」

母親微微側頭思索，「不無可能。幾年前，在第四盂蘭盆花市遇見他時，我帶著妳。雖然他沒出聲，卻站在遠方望著我。」

在這方面，他眞的很乾脆。母親流露遙望彼端的眼神。

「他眞的很了不起。」

阿春悄聲道：「娘，市太郎先生一直很喜歡妳吧？」

母親笑著回答：「怎麼可能。他生活奢華，身邊想必美女如雲，而不會是像我這樣的中年婦女。」

她輕嘆一聲。

「眞的，不會是像我這樣的黃臉婆。」

母親眼中微泛淚光。

想必是明白不久於人世，市太郎才打破約定，回頭問阿春：

「妳娘過得可好？」

倘若知道娘這麼辛苦，不曉得市太郎會是何種表情。要是告訴娘，市太郎曾違背承諾，叫喚娘——亦即叫喚阿春，不曉得娘會流露何種眼神。

搞不好娘會放聲大哭。想到這裡，阿春便什麼也說不出口，她不願見母親落淚。看

註：日本將神佛誕生、顯靈、得道的那天稱為緣日，信眾相信在當天前往參拜較靈驗。

到那一幕，她肯定會跟著放聲大哭。

那天，市太郎詢問：

「妳娘過得可好？」

阿春無法回答「是的，我們全家都過著幸福的生活」。如同當時，此刻她只能選擇沉默。

在砂村新田那段熱氣蒸騰、飛塵瀰漫的路上，市太郎清楚刻畫下他的身影，飄然遠去。對了，他最後說了一句話。

——好好照顧妳娘。拜託嘍，阿春。

我要牢記在心，絕不能違背與逝者的約定。這是他第一次打破承諾，向我提出的請託。我就如此看待吧。

「怎麼啦？」母親望著阿春，「一副若有所思的表情。」

母親一臉擔憂，眼中不再泛著淚光，阿春不禁鬆口氣。

「我沒事。」阿春燦然一笑。

解說

祕密的心

陳栢青

（本文涉及重要情節，未讀正文者請慎入）

祕密的動力學

《忍耐箱》收錄諸篇小說中，〈帶進墳墓〉和〈陰謀〉像是一面屏風的陰陽兩面，宮部美幸藉一椿事件（親人回來找散離的子女、管理人死去），揭露「每個人都有祕密」。小說宣告主題的聲音力透紙背，其意志超越了故事，甚至不存在故事了，因爲這兩篇小說裡沒有時間，也不存在起承轉合，而故事依賴時間而存在，這兩篇小說中，有的只是事件，各人有各人的解讀版本，彼此的視線交錯出其核心——「是祕密驅動一切」。

希臘神話裡潘朵拉的盒子可以和〈忍耐箱〉擺在同一張桌子上互相對照看，關起來是希望，打開是災難。但「希望」對潘多拉而言何嘗不是災難，因爲「不打開，我不知道那裡頭有什麼」，焦慮與猜疑一如石磨日日磨輾她的心，不打開竟然也變成一種災難。這正是〈忍耐箱〉中阿駒一家的處境，從父親、母親到阿駒，盒子中明明是祖先經商的心得，又是不能打開的詛咒。從這裡也可看出祕密的動力，與祕密對立的，不是「眞相」。祕密的本質並不在盒子裡，盒子本身，就是「祕密」。眞相存在與否並不重要，關鍵在於「不能打開」。那是祕密的悖論，他的形狀在於他沒有形狀，說得愈是模糊反讓祕密的存在愈是清晰。盒子一旦打開了，光天化日，白紙黑字，太清楚便沒有陰影，你知我知，得到的是事實，會讓想像力失去斡旋的餘地。所以祕密總是欲言又止的，流傳於日照偏斜的簷下還是讓頭髮微微蓋住的耳邊，光線暗了點，聲音小了些，事情有點不清不楚，日照退止處，人類的想像力會自己發揮作用，那個好像存在什麼，又好像什麼都沒有，似有若無的曖昧與渾濛，宮部美幸到最後都沒告訴我們，盒子裡到底藏著什麼，但正是這個不說，清楚告訴我們「祕密」的模樣。

那麼，「祕密」如何發動？「我只跟你說」是最沒有約束力的悄悄話起句，「你別跟別人說喔」引起的效果是第二天所有人都會知道。祕密的存在並不在於「他不能讓別人知道」，而恰恰在於，「我以爲我知道」、「我以爲他知道」、「他以爲他知道」。祕密具備沾黏性，一觸碰便難以刮除，好奇心讓祕密具備強大的吸引力，而人類的想像力讓祕密茁壯。朱立安．巴吉尼和傑瑞米．史坦葛倫合著一本書名爲《你以爲你以爲的就是你以爲的嗎？》，恰可作爲祕密的動力學方程式。宮部美幸精準抓住「祕密」的動力源，「祕密」以漩渦的模樣啓動，問題不在於盒子打開與否，也不在眞相揭露了沒。問題恰恰在於，沒有打開，但「我以爲我已經知道」。所以〈忍耐箱〉中掌櫃指出箱內存放是經商心得，女侍阿秀認卻認爲裡頭藏著主母毒殺其夫的祕密、〈砂村新田〉中女兒不知道路邊男人殷殷問候之用心，純純的愛變作邪惡的想像。那就是祕密的大能，它把所有人都捲入，吞食一切，不停壯大，到最後，祕密揭露與否，並不重要。而是，祕密「改變所有事情」，那比什麼都讓人恐懼。

眞相與解決——關於祕密的祕密

把祕密作爲謎團，諸如「忍耐箱中藏了什麼？近江屋當家因何而亡？」——《忍耐箱》中收錄各篇都可延伸出一種推理的興味，〈仇家〉中落魄武士一眼窺出栽贓之陰謀，〈十六夜骷髏〉中阿蕗好奇的則是「第一代家主做了什麼引發詛咒？」宮部美幸眞是高妙的說故事人，每則短篇都能以一個「懸疑」逗引讀者深入，想要知道眞相爲何，那是祕密的「祕密」。若我們擴大來看，想起曾閱讀過的推理小說，不正都以一個和數個「祕密」爲核心，拉出枝幹延伸出種種炫目奪人的掩藏方法？所謂的詭計，乃至不惜殺人、分屍……搖著椅子和拿著放大鏡到處嗅聞的偵探則成了祕密的推敲者，很多經典的推理小說圖得不就是，告訴我們祕密是什麼？

但誠如上文所述，在《忍耐箱》中，祕密是什麼，並不重要。祕密帶來什麼，毋寧才是描寫重點。於是我們可以得出兩個觀察，一者，沒有眞相。二者，沒有解決。小說的結局所揭露，無論祕密是否清楚——我們不知道〈忍耐箱〉裡有什麼，卻猜測得到〈十六夜骷髏〉中老闆爲何受到詛咒——但縱然知道了，也只是知道，不知道祕密，好像也無關緊要。兩個故事的尾聲，大火終究燒掉一切。就算沒有燒盡一切的火焰，諸篇小說結局還是朝向傾斜的地方掉落，諸如〈綁架〉一文尾聲，破解綁架案反而揭露受害者的父親私營放貸，一家子因此喪失基業。〈仇家〉裡解開眞相的代價是，扮演名偵探的武士自己卻要開始跑路。小說集中諸般結局絕對不是會讓人開懷笑出來的，這大概是《忍耐箱》好看的原因，它更接近人世。很多事情，縱然清楚了，看透了，也是無可奈何的。

祕密可以解，但人心是無能解的。祕密能被揭穿，但最好的時間已過去，知道了，又能怎麼辦呢？無知是苦，能通盡一切也苦。但這苦，又苦出一種滋味，因爲我們不只讀到人，我們讀到的，是世情，是大火燒不掉，時間也無從淘盡的深層人性。讀到的，是此刻依然可能遭遇的情事，是我們自己祕密的心。

本文作者簡介

陳栢青

現就讀台灣大學台灣文學研究所。曾獲全球華文青年文學獎、時報文學獎、臺灣文學獎等。以閱讀為終生職，期待台灣推理的黃金世代降臨。

宮部美幸

作品集 / 41
Miyabe Miyuki

忍耐箱

國家圖書館出版品預行編目資料

忍耐箱 / 宮部美幸著 ; 高詹燦譯 . - 二版 .- 臺北市 : 獨步文化，城邦文化事業股份有限公司出版 : 英屬蓋曼群島商家庭傳媒股份有限公司城邦分公司發行 , 2023.09
面； 公分 . -- (宮部美幸作品集 ; 41)
譯自 : 堪忍箱
ISBN 978-626-7226-71-1 (平裝)

861.57　　112011327

原著書名 / 堪忍箱・作者 / 宮部美幸・翻譯 / 高詹燦・責任編輯 / 陳盈竹（一版）、張麗嫺（二版）・編輯總監 / 劉麗眞・榮譽社長 / 詹宏志・發行人 / 凃玉雲・出版社 / 獨步文化 城邦文化事業股份有限公司 104台北市中山區民生東路二段141號5樓 電話 / (02) 2500-7696 傳眞 / (02) 2500-1966; 2500-1967・發行 / 英屬蓋曼群島商家庭傳媒股份有限公司城邦分公司 104台北市中山區民生東路二段141號2樓・網址 / WWW.CITE.COM.TW・讀者服務專線 / (02) 2500-7718; 2500-7719・服務時間 / 週一至週五：09：30-12：00、13：30-17：00・24小時傳眞服務 / (02) 2500-1990; 2500-1991・讀者服務信箱 e-mail / service@readingclub.com.tw・劃撥帳號 / 19863813 戶名 / 書虫股份有限公司・香港發行所 / 城邦（香港）出版集團有限公司 香港灣仔駱克道193號東超商業中心一樓 電話 / (852) 25086231 傳眞 / (852) 25789337 e-mail / hkcite@biznetvigator.com・馬新發行所 / 城邦（馬新）出版集團 Cite (M) Sdn. Bhd. 41, Jalan Radin Anum, Bandar Baru Sri Petaling,57000 Kuala Lumpur, Malaysia 電話 / (603) 90578822 傳眞 / (603) 9057 6622 e-mail / cite@cite.com.my・封面設計 / 蕭旭芳・排版 / 陳瑜安・印刷 / 中原造像股份有限公司・2013 年 4 月初版、2023 年 9 月二版・定價 / 280 元
Printed in Taiwan　ISBN 978-626-7226-71-1（平裝）・978-626-7226-73-5（EPUB）

城邦讀書花園
www.cite.com.tw

宮部みゆき